LE CANAL DE LA PEUR

Catalogage avant publication de Bibliothèque et Archives nationales du Québec et Bibliothèque et Archives Canada

Chabin, Laurent, 1957-

    Le canal de la peur

    (Atout)
    Pour les jeunes de 14 ans et plus.

    ISBN 978-2-89723-663-2

    I. Titre. II. Collection: Atout.

PS8555.H17C36 2015   jC843'.54   C2015-941149-1
PS9555.H17C36 2015

Les Éditions Hurtubise bénéficient du soutien financier du gouverne-ment du Québec par l'entremise du programme de crédit d'impôt pour l'édition de livres et de la Société de développement des entre-prises culturelles du Québec (SODEC). L'éditeur remercie également le Conseil des arts du Canada de l'aide accordée à son programme de publication.

Financé par le gouvernement du Canada
Funded by the Government of Canada | Canadä

Conception graphique: Fig communication
Illustration de la couverture: Julie Larocque
Mise en page: Martel en-tête

ISBN 978-2-89723-663-2 (version imprimée)
ISBN 978-2-89723-665-6 (version numérique PDF)
ISBN 978-2-89723-664-9 (version numérique ePub)

Dépôt légal: 3e trimestre 2015
Bibliothèque et Archives nationales du Québec
Bibliothèque et Archives Canada

Diffusion-distribution au Canada: Diffusion-distribution en Europe:
Distribution HMH   Librairie du Québec / DNM
1815, avenue De Lorimier   30, rue Gay-Lussac
Montréal (Québec) H2K 3W6   75005 Paris FRANCE
www.distributionhmh.com   www.librairieduquebec.fr

Imprimé au Canada
www.editionshurtubise.com

LAURENT CHABIN

LE CANAL DE LA PEUR

ROMANS POLICIERS DU MÊME AUTEUR DANS LA MÊME COLLECTION

C'est le ronronnement du moteur qui me réveille, je suppose. Ou la peur…

La voiture s'approche lentement, tous phares éteints. Un superbe coupé. Grand luxe. Noir, luisant. Allemand, je dirais. La rue est déserte à cette heure de la nuit. La voiture s'immobilise devant l'immeuble de brique, sans un bruit. Pas ce genre de voiture, d'habitude. Et elles s'arrêtent rarement si près de la porte d'entrée. Plus haut dans la rue. Ou dans une autre rue. Et les types viennent à pied, épaules rentrées, rasant les murs…

Je glisse la main dans la poche de mon manteau et j'empaume ma petite machine. Clic… C'est devenu une manie chez moi…

Le chauffeur descend et fait le tour de la voiture, après avoir inspecté les environs d'un coup d'œil circulaire. L'autre portière s'ouvre. Un deuxième type sort. Il se retourne et abaisse le dossier de son siège. Il agrippe d'une façon assez brutale quelqu'un qui se trouve à l'arrière. Une femme apparaît. Sa tête, en tout cas. C'est tout ce que je peux voir, depuis ma cachette. Ensuite, les deux hommes l'attrapent chacun par un bras et l'entraînent sur le trottoir.

Ils se dirigent vers la porte toute proche. La fille semble à peine tenir debout. Elle est soûle, peut-être. Ou droguée. Jupe courte et moulante, haut sans manches léger. Vraiment léger... Cheveux noirs taillés à la diable. Elle est jeune. Très jeune. Davantage que les autres, en tout cas.

Elle tient un objet serré contre sa poitrine. Un peu petit pour être un sac à main. Elle trébuche. Ou renâcle. Elle ralentit ses deux anges gardiens. Ça les énerve.

Le deuxième homme lui flanque un coup violent dans l'aine. La fille se plie en deux en étouffant un cri de douleur. Le conducteur de la voiture lui plaque aussitôt une main sur le visage et l'autre l'attrape par les cheveux. Il la fait se redresser violemment, puis il la pousse vers la porte. Celle-ci s'ouvre très vite. Sans grincer, comme d'habitude. Ils disparaissent tous les trois à l'intérieur.

Je reste un long moment immobile. Je ne sais pas quoi faire. Ce ne sont pas mes affaires, après tout. Le chauffeur, je ne l'ai jamais vu. L'autre homme, oui, je connais son visage. Un brun, pas très grand mais râblé. Sale gueule. Ça ne veut rien dire, bien sûr...

Je n'ose pas bouger. Ils en ont pour un bon moment, pourtant. Je devrais en profiter pour partir. Oui, ce serait mieux. Je n'ai rien à faire ici. Personne n'a besoin de savoir…

Je remets l'appareil dans ma poche et me relève lentement en prenant appui sur le conteneur à ordures qui me sert de cachette. Mon dos me fait mal. Je n'ai plus vingt ans… Je fais quelques pas en direction de la rue Smith, vers le canal. J'avale ma salive, hésite encore…

Je me retourne.

La voiture est toujours là. J'aperçois quelque chose contre la roue avant, côté trottoir. Un objet. Je ne distingue pas ce que c'est. C'est gros comme le poing, à peine. Bleu, on dirait. Turquoise. Ça me démange…

Allons, qu'est-ce que je risque, après tout ?

La rue est toujours déserte, toujours silencieuse. Je traverse. En faisant vite. Enfin, non, en m'arrêtant souvent. Pour écouter. C'est idiot. Rien, le silence. Qu'est-ce qu'ils pourraient me dire ? Je ne suis pas une menace pour eux. Pour personne. Je ne suis qu'un vieux tout-nu qui dort sous le pont du chemin de fer de la rue de la Commune. Je n'ai plus de nom, je ne suis personne. Plus personne. Depuis longtemps…

Ça y est, j'y suis. Le capot de la voiture est encore chaud. La pauvre petite chose abandonnée près du pneu a l'air égarée. Venue d'une autre planète. Elle a dû tomber des bras de la fille quand l'autre brute l'a frappée. C'est ça qu'elle tenait serré contre sa poitrine. *Un minuscule ourson en peluche. Bleu.* Je me penche en grimaçant. Mes reins… J'attrape le pitoyable toutou.

Un bruit à l'intérieur me fait sursauter. Je me redresse plus vite que je ne l'aurais voulu. J'étouffe un cri de douleur. *Pas le moment de geindre. Il faut filer, vite…*

Je retraverse la rue et me hâte de toutes mes vieilles jambes vers la rue Smith. *Quel con ! J'aurais plutôt dû retourner me cacher derrière le conteneur à ordures et ne plus bouger.*

Trop tard. Dans mon dos, j'entends des pas sur le trottoir, près de l'entrée de l'immeuble. L'appel claque comme un coup de feu.

— Hé, toi !

Sa voix me fait peur… Je ralentis. Me retourne à demi. *C'est le brun à la sale gueule.* Bêtement, je souris. *Le sourire du parfait imbécile…* Mais je ne m'arrête pas. Je continue de mon pas chancelant. J'en rajoute, même. *Homme invisible… Avoir l'air d'un robineux, d'un inoffensif soûlon, d'un de ces débris humains qu'on ne remarque même pas quand ils meurent de froid sur le trottoir en hiver…*

Je sens qu'il hésite. *Tant mieux.* J'atteins enfin la rue Smith. Je tourne à droite, prends par le terrain vague. *L'ancien immeuble du CN est là, à deux pas. La porte ne ferme plus.*

Juste avant d'entrer, je me retourne une dernière fois, inquiet. L'homme a dû courir. Sans faire de bruit. Il est tout près maintenant. Il a glissé sa main dans sa poche. En un éclair, il la ressort.

Je serre les poings.

Vite! Vite!...

1

LE RÉCIT DE SARA

Je suis allée voir les feux d'artifice en solitaire. Liviu ne pouvait pas venir, il travaille de nuit cette semaine. J'ai demandé à Jo s'il voulait m'accompagner, mais il m'a dévisagée avec les mêmes yeux que si je lui avais proposé de manger une crotte de chien…

C'est donc toute seule que je suis allée au Vieux-Port, toute seule que j'ai assisté aux feux d'artifice, et toute seule que je rentre à Saint-Henri. Je n'ai pas peur de me balader seule dans Montréal, je précise. Même la nuit. Je le fais souvent. Mais il me semble que le plaisir est meilleur quand il est partagé.

C'est vrai que le spectacle valait le coup. Ce soir, c'était la prestation de l'avant-dernier candidat du festival international. La Chine. Grandiose, il faut avouer. Merveilleux…

J'ai quand même eu un moment d'amertume, après toute cette splendeur. Je ne suis jamais allée en Chine, et ce que j'en sais ne me donne pas très envie de le faire. Qu'un gouvernement dépense une fortune en pétards multicolores, même superbes, alors que son peuple n'a pas le droit à la parole, ça me gêne.

Et cette chaleur moite! Normal, à la fin juillet... Je suis en nage. Mais qu'est-ce qui m'a pris de mettre mon blouson de cuir ce soir? Souci d'élégance? Je ris. Surtout avec ma nouvelle coupe de cheveux. C'est Liviu qui me les a taillés. «Courts», je lui avais dit. Il ne m'a pas ratée. J'ai l'air d'un bagnard. Déjà que je ne ressemble pas à Angelina Jolie...

Du coup, je me sens un peu énervée. J'enlève mon blouson, qui pèse une tonne, et je le jette sur mon épaule, le retenant d'une main. Pour me calmer, je décide de traîner un moment dans le port avant de rentrer. Le spectacle du fleuve a toujours un effet apaisant sur moi. L'eau, en général. Résultat, il est minuit passé lorsque je quitte enfin la rue de la Commune pour m'engager le long du canal de Lachine.

La piste cyclable est déserte et, comme le ciel est couvert, elle est particulièrement sombre. À l'angle où le canal proprement dit débouche dans le bassin Peel, elle oblique brusquement vers la droite et s'enfonce sous le pont du chemin de fer. Il y fait noir comme dans un four.

Je n'aime pas beaucoup cet endroit, mais je m'y engouffre sans hésiter. Comme pour conjurer les ténèbres, je me mets à siffler.

C'est en ressortant de l'autre côté que je remarque, sur ma droite, la présence d'un homme voûté et titubant. Sa silhouette vacillante se détache sur la masse sombre de l'ancien bâtiment désaffecté du Canadien National. La construction, derrière lui, ressemble à un navire délabré qui se serait échoué contre le bord de la piste après une tempête. La scène est vaguement éclairée par un lampadaire tout proche.

C'est seulement lorsque j'arrive à quelques pas de lui que je remarque son étrange comportement. Un vieux type, mal habillé. Grand manteau, malgré la chaleur. Un itinérant, sans doute.

Le bonhomme n'a pas l'air de savoir où il en est. Il tient les pans de son manteau refermés sur son ventre comme s'il avait froid. Hé hé, peut-être qu'il est vraiment gelé... J'ai l'impression qu'à tout moment il va s'affaler sur le bord de la piste. Je hâte le pas. Pas envie qu'il me vomisse dessus...

Mais on dirait qu'il m'en veut, le vieux sale! Il m'a aperçue, lui aussi, et il se dirige vers moi de son pas incertain, comme s'il avait l'intention de me barrer le passage. Je n'aime pas ça. J'accélère encore. Je vais le croiser. Il me dévisage, l'œil vitreux. Oui, il doit être soûl mort!

Je distingue bien sa figure de robineux, à présent. Pas mal abîmée. Un bleu au-dessus de l'œil gauche. Plus noir que bleu, d'ailleurs... Une balafre, aussi, sur la joue droite. Ç'a été sa soirée... Je n'ai jamais compris pourquoi les itinérants se battent entre eux plutôt que contre ceux qui les ont réduits à cette vie de chien. Ils ne le savent pas eux-mêmes, probablement.

Il est tout près maintenant. Ce n'est pourtant pas moi qui vais rebrousser chemin! Pas mon style. Je place ma main libre en avant, prête à le repousser s'il insiste. Ça ne rate pas. Il est sur moi. Le voilà qui respire dans ma face. Ce qui m'étonne le plus à ce moment, c'est que, même s'il pue, il ne sent pas l'alcool.

Tout à coup, il se penche en avant, comme s'il allait s'écrouler à mes pieds. Je m'écarte d'un pas mais il se reprend, se redresse et, tournant à demi sur lui-même, il agrippe mon épaule de sa main gauche.

Je me dégage brusquement mais il n'entend pas lâcher prise. Il s'accroche. Et voilà qu'il me serre davantage! Il grommelle quelque chose d'indistinct, tout près de mon oreille, son corps répugnant presque collé contre le mien. Il glisse son autre main vers mon blouson. Il veut me tripoter ou il s'imagine qu'il va pouvoir me dépouiller, ce vieux porc ?

Je ne suis pas du genre à subir ce genre d'agression sans rien faire. Je lui décoche un revers magistral. Mon blouson tombe sur le sol. Ça ne m'empêche pas de lui en filer un autre aussi sec ! Paf, paf ! Un aller-retour sonore, puissant. Je frappe fort, quand je veux.

Le vieux vire comme une toupie, se retrouve à deux pas de moi. Il me tourne le dos. Je crois qu'il a compris. Titubant plus que jamais, les mains dans les poches de son manteau, il s'éloigne vers le bâtiment du CN. J'en profite pour ramasser mon blouson et filer.

Je n'ai fait que quelques pas lorsque je décide quand même de me retourner, histoire de vérifier que le vieux salaud n'a pas changé d'avis et qu'il ne revient pas à la charge.

Non, il n'a pas bougé. Il est toujours là. Sauf qu'il n'est plus seul. Quelqu'un se tient devant lui, sous le cône de lumière du lampadaire. Une jeune femme. Blouson léger rouge vif. Je ne distingue qu'une partie de son corps parce qu'il est dissimulé par celui du type.

Tout se passe alors très vite. Elle a dû le frapper violemment car il tournoie sur lui-même, comme foudroyé. Les pans de son manteau s'ouvrent en grand. Je distingue un couteau. Le manche d'un couteau. Car la lame, elle, est profondément enfoncée dans son ventre…

Je n'en reviens pas. Pourquoi a-t-elle fait ça? Il a dû essayer de la peloter, elle aussi, mais elle aurait pu se contenter de lui flanquer son poing dans la figure. Le pauvre type tenait à peine sur ses jambes, il n'était pas bien dangereux. Pourquoi ce couteau? La réaction me paraît disproportionnée.

La fille semble d'ailleurs complètement estomaquée par son propre geste. Elle se tient là, les bras ballants, devant le cadavre du bonhomme allongé presque à ses pieds dans une flaque de sang. On dirait qu'elle ne comprend pas elle-même ce qui vient de se produire.

Et, tout à coup, je frémis. Ce blouson rouge, *flashy*, ces cheveux aile de corbeau taillés à la punk, ce visage dur et volontaire… Je la connais, cette fille! Je l'ai déjà vue, du moins. Elle habite à Saint-Henri, pas très loin de chez moi. Je l'ai souvent croisée dans la rue, ou près du canal.

Qu'est-ce qu'elle faisait derrière cette ruine à une heure pareille? Et pourquoi a-t-elle tué le vieux d'une aussi terrible façon? Je ne tiens pas à le savoir, dans le fond.

Il fait noir, là où je suis, et je me dis qu'elle n'a peut-être pas eu le temps de distinguer mon visage… Sans réfléchir davantage, je tourne les talons et m'enfonce dans la nuit.

2

LE RÉCIT D'OCÉANE

J'ai eu du mal à persuader Alex de venir avec moi. Lui, il aurait voulu aller jusqu'au Vieux-Port pour les regarder, les feux d'artifice. Mais le Vieux-Port, c'est noir de monde, c'est insupportable, avec les vieux qui apportent leurs chaises pliantes, les enfants qui crient, les parents qui leur crient après…

Je lui ai dit que je connaissais un meilleur endroit pour assister au spectacle. Où j'étais sûre que personne ne viendrait nous marcher sur les pieds. À cause de mon sourire, il a bien sûr deviné que j'avais aussi autre chose en tête. Il n'est pas bête. Il a fini par accepter.

Vers dix heures, nous sommes donc arrivés dans cet ancien édifice du CN, tout près du pont du chemin de fer qui enjambe le canal de Lachine à cet endroit-là. La construction est en ruine et couverte de graffitis. Elle comporte trois étages. Il n'y a plus de fenêtres et la porte branlante, en principe condamnée, n'empêche d'entrer ni les rôdeurs ni les courants d'air.

Il y a une vieille échelle dans la bâtisse, au troisième, et nous avons grimpé sur le toit par une trappe. C'est nettement plus propre qu'à l'intérieur. J'ai sorti une couverture de mon sac à dos et je l'ai étendue sur le sol. Et là, Alex n'a pas été déçu. Ainsi placés en hauteur, nous avons assisté côte à côte aux feux d'artifice chinois comme si nous étions assis aux premières loges. Je dirais presque « en amoureux »… J'en ai oublié un instant la laideur de ce monde.

Après le bouquet final, quand Alex a voulu se relever pour descendre, je l'ai retenu par la main.

— Tu veux partir?

Il a bredouillé quelques mots, prétendant qu'on serait mieux en bas, quelque chose comme ça.

— Mieux en bas? Tu plaisantes. Cette ruine est un dépotoir et elle pue la pisse. Ici, au contraire, on est bien. Il fait chaud, il n'y a pas de pluie de prévue et personne ne viendra nous déranger.

J'ai retiré mon blouson – le rouge en satin qu'il aime tant, taillé dans l'ancien habit de cirque de mon père – et je me suis allongée sur le dos en fermant les yeux. Alex est un grand timide, mais il a compris. Malgré l'inconfort du lieu – ma couverture est assez mince –, nous avons passé une heure ou deux absolument délectables. Alex est plutôt maladroit, mais il se laisse faire volontiers. Il s'est tout de même montré à la hauteur. Après, bien sûr, il s'est endormi…

Je l'ai longuement regardé. Il m'émeut toujours. Nous ne sommes pas du même monde, pourtant, et je me suis longtemps méfiée de lui. Il est fils unique, sa famille est riche et accède à toutes ses demandes avant même qu'il ait le temps de les formuler ; moi, j'ai perdu mon père et ma mère depuis longtemps et je survis péniblement chez ma grand-mère, avec un frère détestable et violent. Nous n'avons pas toujours mangé à notre faim.

Pourtant, Alex n'est pas comme ses parents. Il n'est comme personne que je connais. Il me comprend, il est patient avec moi, il ne me juge pas. Il m'apprend des choses. Beaucoup de choses. Et il m'a tirée d'un très mauvais pas l'année passée[1]. Est-ce qu'il est beau ? Est-ce que je l'aime ? Je ne sais pas. Ce n'est pas mon vocabulaire. Avec lui, je me sens bien, c'est tout ce que je sais.

Il dort ainsi depuis un bon moment, complètement abandonné – ce dont je suis

---

1. Voir *La nuit sort les dents*, dans la même collection.

incapable –, lorsque des bruits, en bas, attirent mon attention. Bruits de dispute, de bagarre. Je crois percevoir un ou deux coups violents et étouffés. La beauté ne dure jamais... Qu'est-ce qui se passe?

Je me relève prestement et saisis mon blouson. Plus silencieuse qu'une chatte en maraude, je descends l'échelle, lentement pour ne pas la faire craquer. La porte par laquelle nous sommes entrés tout à l'heure est encore entrouverte. Je jette un coup d'œil à l'extérieur. Un coup encore. Gifle ou coup de poing. Je passe la tête dans l'entrebâillement.

Il y a un type, là-bas, sur la piste cyclable. Et un autre qui lui fait face et qui vient de lui envoyer sa main dans la figure. Une deuxième fois. Un aller-retour de première. Sonné, le premier chancelle et se retourne, puis il se dirige vers moi, titubant. Malgré la chaleur, il tient son manteau serré contre lui, mains dans les poches. Comme s'il maintenait quelque chose de précieux à l'intérieur. L'agresseur ramasse un objet sur le sol, un blouson, on dirait, et il s'éloigne sans demander son reste.

Tandis que l'homme au manteau s'approche, je distingue mieux ses traits, grâce au lampadaire situé à l'angle de l'édifice, non loin de moi. Il est vieux, abîmé, blême. Je dirais même exsangue. Son visage porte des traces de coups. Il a peut-être besoin d'aide. Je sors du bâtiment et m'approche de lui, prête à lui donner un coup de main. Mais j'ai à peine le temps de me trouver à deux pas de lui qu'il vacille, perd l'équilibre et s'abat sur le sol en tournoyant sur lui-même. J'étouffe un cri.

Il gît là, à mes pieds, bras écartés, immobile. Mort ? Les pans de son manteau se sont ouverts dans sa chute, laissant tomber quelque chose par terre. Mais ce que je vois, surtout, c'est son ventre. Maculé de rouge. Et le couteau planté dedans. Mort, oui…

Stupéfaite, je contemple le cadavre un instant avant de relever les yeux. L'homme qui a frappé le vieux s'est arrêté et s'est retourné vers moi. Un type assez jeune, pas très grand. La vingtaine, je dirais. Cheveux courts, blouson de cuir noir sur l'épaule. Il m'a vue, lui aussi. Comment va-t-il réagir ? Je suis un témoin gênant. J'ai envie de me sauver mais j'hésite. Alex est encore là-haut, endormi. Vulnérable.

Ma perplexité ne dure pas. À ma grande surprise, l'assassin ne choisit pas la confrontation mais la fuite. Faisant volte-face, il me tourne le dos et s'enfonce dans la nuit.

C'est au moment où il disparaît que j'ai un doute. Sa démarche. Ses épaules, sa silhouette… Ce n'est pas un homme, mais une femme. Et je la connais!

Je l'ai déjà vue, du moins. Elle habite à Saint-Henri, pas très loin de chez moi. Je l'ai déjà croisée dans la rue, ou près du canal. Son physique ingrat et ses cheveux courts font qu'on peut facilement la prendre pour un garçon. Elle traîne parfois avec des types que je n'aime pas beaucoup.

Pourquoi a-t-elle poignardé ce vieux bonhomme?

Ce ne sont pas mes affaires, d'accord, mais en attendant, me voici seule à côté d'un cadavre pas beau à voir.

Tout près de lui, je remarque enfin l'objet qu'il a laissé échapper en s'écroulant sur le sol. Un petit ours en peluche. Bleu. Ma gorge se serre.

Sans trop savoir pourquoi, je me penche et le ramasse, puis je le glisse dans la poche intérieure de mon blouson.

3

LE RÉCIT DE SARA

Je n'ai rien dit à Liviu. Je ne sais pas pourquoi. Peut-être parce que je n'aime pas qu'il s'inquiète pour moi. Je ne réagis pas toujours d'une façon très intelligente…

Depuis quelques mois, je vis avec lui dans un minuscule appartement qu'il a loué à Saint-Henri. Il était temps! Je n'endure plus mes parents et je découchais de plus en plus. Je me réfugiais en général dans notre « repaire » de la rue Pitt. Cependant, c'était difficile en hiver car l'immeuble, désaffecté, n'est pas chauffé et les fenêtres n'ont plus de vitres. Pour ne rien arranger, les démolisseurs sont arrivés dans la zone au printemps et je crois que l'édifice n'en a plus pour longtemps.

Je ne peux rien louer moi-même, n'ayant pas de revenu stable. Je perds mes emplois aussi vite que je les trouve. Je ne vais tout de même pas passer ma vie à faire la plonge dans des restaurants minables! Et puis je ne supporte pas de me faire engueuler par un petit chef qui se prend pour le roi. En ce qui me concerne, un mot, c'est un mot de trop. Je rends mon tablier.

Liviu, lui, est plus stable. Moins colérique. Autrefois, il partait parfois plusieurs mois d'affilée dans l'Ouest pour gagner de l'argent dans les chantiers de construction ou la coupe du bois. Ça lui permettait de travailler six mois par an et de se promener le reste du temps. Mais il m'a dit qu'il n'aimait plus rester loin de Montréal. J'ai traduit par «loin de moi». C'est un romantique qui s'ignore…

Il y a presque un an, il a été engagé par un organisme d'aide aux sans-abri, dans le centre-ville. Il fait les nuits. Ce n'est pas très bien payé et c'est parfois dangereux, il l'avoue, mais il m'a dit qu'il n'en pouvait plus de s'échiner à longueur de journée pour faire gagner de l'argent aux autres. «Au moins, m'a-t-il précisé, à la fondation, je sais *pour qui* je travaille.»

Mon père, lui, est ouvrier dans une quelconque usine où il emballe du soir au matin des morceaux de caoutchouc jaune ou orange qu'on a le culot d'appeler du fromage. Il n'a jamais fait autre chose. Il ne se pose pas de questions. C'est un esclave soumis, n'ayant même pas l'excuse d'être un immigrant qui s'est sauvé d'un pays de misère pour échouer ici et tenter de survivre dans une autre vie. Il est né à Saint-Henri. Il n'a jamais eu de rêves.

Quant à ma mère, cette grosse vache qui ne se lève que pour aller se vautrer sur son sofa, devant la télé, téléphone à la main, chips ou bière dans l'autre, je n'ai plus rien à en dire. La page est tournée. Ni l'un ni l'autre n'ont été mécontents, j'imagine, que je disparaisse de leur vie.

Cela dit, je dois avouer que je ne vaux pas mieux qu'eux, finalement. J'ai passé ma vie scolaire à décrocher et je ne me trouve que des petits boulots de merde. J'ai longtemps été malade, c'est vrai, je pouvais à peine me déplacer et j'en ai profité pour lire énormément. Au bout du compte, cependant, je n'ai pas su tirer parti de mes lectures. Je suis encore ici, à traîner dans ce quartier que j'aime et que je hais tout à la fois.

Je rêve de quitter cet endroit. Je l'ai dit à Liviu, une fois:

— Un jour je partirai d'ici. Je voyagerai, je verrai du pays.

Il a souri tristement, en secouant la tête.

— Tu ne me crois pas? Tu te fiches de moi?

— Je ne me fiche pas de toi, Sara. Jamais. Mais j'ai entendu assez de gens dire "Un jour je partirai" et qui ne sont jamais partis. Ceux qui disent qu'ils vont partir ne partent pas. On part, ou on reste. Mais on ne *va* pas partir. Les rêves sont menteurs.

J'en ai eu les larmes aux yeux.

Il a raison, pourtant. Hélas… Mais qu'est-ce qui me retient ici, bon sang ? Le sentiment, peut-être, que ce monde, où qu'il se trouve, n'est pas fait pour moi. Et Liviu, certainement. Les garçons, en général, se croient intéressants quand ils parlent fort et qu'ils boivent de la bière. Ça me tape sur les nerfs. Liviu est silencieux, lui. Il ne boit pas. Pas comme un trou, en tout cas. Et il me traite comme une personne. Il est même parfois un peu trop protecteur à mon goût…

J'ai donc choisi de ne rien lui dire de ce que j'ai vu cette nuit. Pas maintenant. J'ai besoin de le digérer avant.

En arrivant, j'ai balancé mon blouson sur un tas de vêtements sales – le ménage, ce n'est pas mon fort – et je me suis couchée. Quand Liviu est rentré, au petit jour, il a pris une douche rapide et est venu se glisser dans les draps. Il m'a embrassée doucement et m'a demandé comment j'avais trouvé les feux d'artifice.

— Bien, bien, ai-je murmuré, mais avec si peu de conviction qu'il a légèrement haussé les épaules.

Puis il s'est allongé et il a fermé les yeux presque tout de suite.

Lui aussi il doit en voir de belles, toutes les nuits. Drogués, alcooliques, inadaptés sociaux, malades mentaux... Tous ces gens qui auraient besoin d'aide et demeurent livrés à eux-mêmes dans cette ville qui sait être si laide, parfois. Le pire est que, bien souvent, ils sont violents entre eux. Pas des enfants de chœur. Ça m'écœure... Ils n'ont même pas besoin des policiers pour se faire tabasser!

Liviu s'est endormi, mort de fatigue, mais, de mon côté, je n'arrive plus à trouver le sommeil. L'image de l'homme que j'ai vu mourir cette nuit, tournoyant sur lui-même avant de s'abattre, revient me hanter. Ainsi que celle de cette fille, dont j'ignore le nom, avec son blouson rouge vif et sa tête de punkette.

J'éprouve un certain malaise en y repensant. Si j'avais assisté au meurtre d'une femme par un quelconque voyou, je crois que je me serais mise à hurler. J'aurais tenté, peut-être, d'intervenir. De la sauver. Enfin, je crois. Nous sommes souvent des héros dans nos rêves. Mais je suis assez tête brûlée, parfois, je dois le reconnaître.

Là, pourtant, je n'ai pas réagi. Pourquoi? Parce que c'est une femme – jeune de surcroît

– qui a tué un agresseur ? Un homme ? Mais qu'est-ce que ça change ? Un crime est un crime. Il a sans doute essayé de lui tripoter les seins, comme à moi, mais au lieu de lui fiche une claque, elle lui a planté un couteau dans le ventre.

Je ne sais que penser. En fait, on a tendance à voir les femmes comme des victimes. Spontanément. Systématiquement. Quand un homme tue une femme, l'homme est un assassin et la femme une victime. Quand une femme tue un homme, l'homme est un agresseur et la femme une victime qui se défend. Où est l'équité ?

J'ai du mal à me considérer comme une victime. Surtout face à un homme. Les pires ennuis que j'ai connus à l'école me sont venus d'autres filles. Les filles ne sont pas des anges. Que les garçons ne se montrent pas toujours brillants, j'en conviens. Ils sont lourds, souvent. Et, historiquement, ils ont été plus souvent qu'à leur tour du côté du plus fort, c'est vrai. Mais je ne me laisse pas faire et les rares garçons qui ont tenté d'être désagréables avec moi n'ont pas gagné : ils sont repartis la queue entre les jambes…

Bon, mes pensées tournent en rond et ne mènent à rien. Je décide de me lever et je sors pour ne pas réveiller Liviu en tournant dans l'appartement comme une tigresse. Il est tôt encore et je vais prendre un *latte* au café Saint-Henri de la rue Notre-Dame. Je m'y ennuie très vite, cependant. Je n'aime pas rester assise. Et puis, j'ai une idée en tête…

Je quitte le café et je prends Notre-Dame vers l'ouest. Vers le Saint-Henri qui n'est pas encore gentrifié. Le côté sombre du quartier… Je n'aime plus cette partie de Saint-Henri. On y trouvait autrefois des garages, des ateliers de mécanique, des épiceries, des restaurants à sous-marins et à poutine. C'est fini, tout ça. Il n'y reste même plus un dépanneur. La fin d'un monde…

Quoi qu'il en soit, c'est par là, je me souviens bien, que j'ai eu l'occasion d'apercevoir cette fille. Celle au blouson rouge. La meurtrière. La vision de cette jeune femme m'obsède. M'inquiète.

Elle m'a vue, juste après avoir tué le vieux, c'est certain. Serait-elle capable de me reconnaître ? Si elle était parfaitement visible à cause de la lumière du lampadaire, je me trouvais pour ma part dans l'ombre, sur la piste cyclable. Mais le noir n'était pas complet et nous ne nous tenions pas très loin l'une de l'autre. Alors, si j'ai pu l'identifier, qui me dit que ce n'est pas réciproque ? Ce serait même logique.

Je devrais avoir peur d'elle, me cacher, au lieu de traîner dans le coin. Mais j'aime comprendre. J'aime savoir. Et je préfère évaluer ce que je risque avec elle en prenant les devants et en la localisant avant de me faire surprendre par elle. Mieux vaut être chasseur que gibier.

Surtout si c'est par ici qu'elle habite.

J'ajoute que je ne suis pas venue rôder dans ces rues par hasard. Jo. Lui aussi demeure dans le coin. Rue Sainte-Clotilde, une rue minuscule, pas loin de la brasserie Saint-Ambroise.

Jo est un garçon bizarre. Je ne sais pas trop de quoi il vit – petits boulots à droite ou à gauche, comme moi – mais j'ai constaté qu'il ne supporte guère de rester chez lui et qu'il passe le plus clair de son temps à déambuler dans les endroits les plus inattendus.

Discret, il est partout et nulle part. Personne ne le voit, mais lui, il voit tout. Un vrai fouineur. Ça nous a été bien utile l'an dernier, lors de la triste aventure d'Emilia[1].

Alors la voilà, mon idée : il faut que je le trouve. Jo connaît la fille au blouson rouge, j'en mettrais ma main au feu.

---

1. Voir *15 ans ferme*, dans la même collection.

4

LE RÉCIT D'OCÉANE

Je demeure un moment les bras ballants, estomaquée. C'est la première fois que j'assiste à un meurtre… Je me suis toujours crue solide, mais là, je dois avouer que les jambes ont failli me manquer. Que dois-je faire, à présent ?

Cette fille, qui est partie après avoir commis son crime, elle m'a vue, c'est certain. Elle m'a même dévisagée. Elle doit savoir que moi aussi j'habite à Saint-Henri, puisque je l'y ai déjà rencontrée. Je suis donc un témoin gênant pour elle. Dangereux, même.

Je m'explique d'autant moins son comportement. Pourquoi ne s'est-elle pas jetée sur moi pour tenter de m'éliminer ? Parce qu'elle n'avait plus son arme ? Ou bien m'a-t-elle prise pour quelqu'un d'autre ? En tout cas, je ne vais pas me risquer à la poursuivre.

Aussitôt que je suis capable de reprendre mes esprits, je remonte en quatrième vitesse dans le bâtiment du CN et je vais réveiller Alex. Je le secoue de façon assez brutale. Il a l'air de sortir d'un rêve. Je lui explique la situation en quelques mots et, là, il bondit sur ses pieds, affolé.

Puis, après s'être calmé, il bredouille :

— Tu… euh… tu as remarqué quelqu'un d'autre dans les parages ?

— Non, il n'y avait personne. Et la fille a filé. Je l'ai déjà vue, elle est du quartier. Le nôtre, je veux dire.

Alex ne relève pas. Il prononce dans un souffle :

— Il ne faut pas rester ici.

Pour ça, je suis d'accord. Nous dégringolons l'échelle et, au sortir du bâtiment, nous nous retrouvons devant le cadavre du vieil homme, allongé sur le dos et baignant dans son sang. Alex s'immobilise, visiblement sous le choc.

— Il est vraiment mort ? chuchote-t-il.

Je fais signe que oui.

— Tu le connais ?

Je secoue la tête. Il n'insiste pas. Il me prend la main et veut s'élancer vers la piste cyclable. Je le retiens.

— Pas par là. Va savoir si la fille n'est pas embusquée quelque part…

— Nous sommes deux, argumente-t-il.

— Oui, mais elle a peut-être des complices. Je crois qu'elle fréquente une drôle de bande.

L'idée m'est venue comme ça, mais je ne pense pas me tromper, maintenant que j'y songe. Quoi qu'il en soit, je n'ai pas envie de la croiser de nouveau ce soir, qu'elle soit seule ou non.

— Filons par l'autre côté. On devrait retomber assez vite sur Notre-Dame.

À l'arrière de l'immeuble, il y a une sorte de terrain vague qui mène à la rue la plus proche. Nous le traversons. Je jette un coup d'œil au panneau planté au croisement. Rue Smith. En prenant tout de suite à gauche dans la rue Young, perpendiculairement au canal, donc, nous arriverons sur Notre-Dame.

La rue Young est sombre et sinistre. Vieux immeubles de brique. Déclassés. Habités ? En tout cas, il n'y a pas de lumière aux fenêtres. Un peu plus loin, un énorme conteneur à déchets semble indiquer que des travaux sont en cours dans un des immeubles. À part ça, pas un chat. Une seule voiture est garée dans la rue, presque en face du conteneur. Pas du genre qu'on s'attendrait à trouver dans ce quartier qui menace ruine, d'ailleurs.

— Une Porsche, commente Alex à voix basse tandis que nous passons sur le trottoir.

Et il ajoute, avec un léger sifflement admiratif :

— Une 911 turbo S, il ne se refuse rien, le gars…

Je n'ai aucune envie de discuter voitures et je ne me sens pas à l'aise dans cette rue. Et j'ai encore moins envie de savoir ce que le propriétaire de cette Porsche peut bien faire dans un endroit pareil.

Bon, autant l'avouer : j'ai peur. Je ne me sentirai en sécurité que lorsque nous aurons rejoint une rue où il y a de la lumière.

J'accélère. Alex m'emboîte le pas puis, sans prévenir, il s'arrête et se retourne. Il demeure immobile un court instant, scrutant l'ombre. J'ai l'impression qu'il examine la voiture. Mais il ne doit pas être trop rassuré, lui non plus, car il se remet en mouvement et me rejoint très vite.

— Il me semblait avoir entendu du bruit, souffle-t-il.

Nous décampons. Après quelques minutes d'un trot soutenu, nous parvenons enfin à la rue Notre-Dame. Il y a encore un peu de circulation malgré l'heure tardive et je me sens moins menacée.

Tandis que nous nous dirigeons vers Saint-Henri, d'un pas moins rapide, Alex se met à me questionner sur les détails de l'affaire. À quoi ressemblait le vieux ? S'est-il montré violent ou agressif envers la fille ? Suis-je certaine de n'avoir vu personne d'autre ?

Cet interrogatoire m'agace un peu parce que je suis encore sous le choc de la scène à laquelle j'ai assisté, mais je le comprends. Il ne s'agit pas de curiosité malsaine. Pas venant de lui. Je suis le seul témoin du drame et, dans le fond, il ne cherche qu'à m'aider. Malheureusement, je ne sais rien d'autre que ce que je lui ai déjà dit tout à l'heure.

— Je n'ai vu personne d'autre que cette fille, Alex. Entre le bâtiment du CN et le canal. Ça, j'en suis sûre. Et je ne sais pas si c'est lui qui l'a agressée en premier. Je ne suis arrivée en bas qu'au moment où elle lui assenait ses coups mortels.

— Tu m'as dit que tu la connaissais…

— Non, Alex ! J'ai dit que je l'avais déjà croisée à Saint-Henri, ce n'est pas la même chose.

— Souvent ?

— Deux ou trois fois, peut-être. Ou plus, je ne suis pas sûre, je ne tiens pas un compte des silhouettes rencontrées dans la rue. Je ne lui ai jamais adressé la parole, en tout cas. Et elle non plus.

— Ça ne nous avance pas beaucoup.

— Écoute, Alex. Je n'ai aucune idée de ce qui a poussé cette fille à agir ainsi, et je ne tiens pas à le savoir. Ce ne sont pas nos affaires. Elle avait peut-être ses raisons. Qu'est-ce que tu veux insinuer avec ton "Ça ne nous avance pas beaucoup"? Tu veux mener une enquête?

Alex s'arrête. Il a l'air un peu vexé.

— Non, non, ce n'est pas ce que je voulais dire, répond-il en se remettant en marche. Mais un meurtre n'est pas une façon naturelle de réagir à une agression de ce type. C'est disproportionné. Cette fille est peut-être dangereuse. Tu représentes une menace pour elle. Ton témoignage peut la faire arrêter par la police…

— Tu sais ce que je pense de la police!

— Oui, mais elle, elle ne le sait pas. Et elle n'a aucune raison de se croire en sécurité tant que tu es libre de tes mouvements. Elle va te chercher, te traquer. C'est d'ailleurs curieux qu'elle n'ait rien tenté contre toi sur le moment.

— Elle croit peut-être que je ne l'ai pas reconnue. La piste était plongée dans l'obscurité et, au début, je l'ai même prise pour un homme. En s'avançant vers moi, en s'approchant du lampadaire, elle se serait dévoilée sans équivoque. Elle a sans doute considéré que le risque était plus grand.

— Possible, oui, mais pas certain. Qui te dit qu'elle ne va pas essayer de te nuire plus tard? En essayant de te prendre par surprise? Ou en envoyant quelqu'un se charger du "travail"?

Alex n'a pas tort. Mais que faire? Jamais de ma vie je n'ai envisagé de collaborer de quelque façon que ce soit avec des policiers. Je les déteste. En bloc, et sans exception. Ils n'ont pas su empêcher la mort de mes parents.

Ils n'ont pas remué le petit doigt pour retrouver ma mère parce qu'elle était majeure et «en fuite», d'après eux, alors que son cadavre pourrissait dans un lac; et jamais ils n'ont jugé bon d'enquêter sur le meurtre de mon père, mort, d'après leur théorie, parce qu'il était tombé dans l'escalier.

Et ils voudraient que je les aime? Les seuls rapports que j'aie pu avoir avec eux par la suite ont été mauvais, de toute façon. Je ne suis pour eux qu'une délinquante, ou une future délinquante. Comme si j'avais ça dans le sang. Rien que de les voir, ça me donne des boutons.

Pourtant, force est de le reconnaître: je suis sans doute menacée.

— Dis-moi, reprend Alex. Tu as signalé tout à l'heure qu'elle fréquentait une drôle de bande.

— Oui. Enfin, je l'ai vue une ou deux fois avec des types que je n'aime pas beaucoup. Du style de mon frère. Violents, sexistes, tu vois le genre. L'un d'eux est mort d'une façon bizarre, d'ailleurs, il y a deux ou trois ans. Mais je ne me vois pas aborder les autres pour leur demander s'ils connaissent une fille aux cheveux courts avec un visage en lame de couteau et qui traîne la nuit près du canal.

Alex ne répond pas. Il reste un moment silencieux, l'air de réfléchir. Nous arrivons en vue de l'avenue Atwater. Il y a davantage d'animation par ici. Alex déclare brusquement :

— Je pourrais essayer, moi.

— Essayer quoi ?

— De la retrouver.

C'est à mon tour d'être stupéfaite. La retrouver ! Il délire, Alex ! Je l'adore, je l'avoue, mais j'essaie d'imaginer ce grand garçon à lunettes, curieux mélange d'intellectuel pur et d'ange gardien prêt à se porter au secours de la veuve et de l'orphelin, en train de se mesurer avec la racaille de Saint-Henri. J'ai presque envie de sourire.

L'heure n'est pourtant pas au rire. Mais il est évident qu'Alex n'aurait aucune chance devant ces garçons qui, depuis leur plus

jeune âge, ne connaissent qu'un seul lan-
gage : celui de leurs poings. C'est un tendre,
un idéaliste. Eux, ce sont des brutes. Épaisses.

Encore que…

Je me souviens à présent d'une fois où
j'avais aperçu la fille aux cheveux courts.
C'était près du canal, du côté de l'ancienne
usine de Canada Malting. Elle était en grande
conversation avec un garçon que je connais
un peu et qui habite tout près de chez moi.
Un autre déshérité peu choyé par la vie. Il
s'appelle Jo. J'ignore son nom de famille.
Je sais seulement qu'il vit chez sa mère,
une alcoolique invétérée, et qu'il n'a jamais
réussi à se rendre jusqu'au bout d'une année
scolaire.

Jo n'est pas un violent, c'est vrai, mais il
est sauvage comme un ours. Jamais Alex ne
réussira à l'approcher. Et quand bien même
il y parviendrait – par ruse, disons –, Jo se
fermerait aussitôt comme une huître. Dans
le genre animal, il est tout à fait composite…

Moi, en revanche, je pourrais l'aborder.
Nous sommes du même monde, celui des
laissés-pour-compte, celui des rebuts de la
société, celui de ceux qui ne se révoltent
même pas.

— Qu'est-ce que tu en penses ? On dirait
que ça te fait rire.

Je ne m'étais pas rendu compte qu'Alex me dévisageait depuis un moment, prise que j'étais par ma rêverie. Je secoue la tête.

— Je ne ris pas, Alex. Mais tu viens de me donner une idée.

Il fait la grimace.

— Hum… Je ne sais pas si j'aime toujours tes idées…

— Ne t'inquiète pas. Et ne te vexe pas. Nous avons une connaissance commune, cette fille et moi. Mais c'est un garçon assez spécial. Tu ne lui tirerais pas un mot de la bouche. Moi, je parviendrai peut-être à lui soutirer une ou deux informations. Qui elle est vraiment, si elle est dangereuse. Si elle m'a vue…

— Bon, comme tu voudras, Océane. Mais je veux te demander une chose…

— Oui?

— À partir d'aujourd'hui, essaie de passer inaperçue. Range ton blouson et change de coiffure.

Je souris. Il a raison, bien sûr.

Comme d'habitude.

5

LE RÉCIT D'ALEX

Océane n'a pas voulu que je la raccompagne chez elle. Elle est comme ça. Ça va bien entre nous. Très bien même. Mais jamais elle n'a accepté d'entrer chez moi, et elle n'aime guère que je vienne chez elle, même si je l'ai déjà fait. Nous sommes comme l'unique point de contact entre nos deux mondes.

Elle a toujours refusé de paraître devant mes parents. Crainte d'être méprisée, sans doute. La barrière de l'argent. Elle m'a fait cette remarque curieuse, une fois : « Tu n'as jamais eu faim, Alex, tu n'as jamais eu peur de manquer de quoi que ce soit. Ça manque à ton éducation. Ça fausse le jugement. »

Je ne pense pas que la pauvreté aide à penser mais je n'ai rien dit. Je ne tenais pas à la blesser. On ne choisit pas sa naissance.

Cela dit, le rapport d'Océane à la richesse est assez étrange. Bien qu'elle vive à la limite de la pauvreté absolue, je ne décèle aucune envie chez elle. Aucune jalousie, aucun désir de profiter de ma situation. Je ne l'en aime que davantage : elle n'est pas intéressée. Mais cela la conduit parfois à d'étranges réactions.

Un jour, pour la Saint-Valentin, je lui ai offert des boucles d'oreilles. Très jolies, en or. Elle me les a rendues, le visage dur, avec ces mots qui m'ont choqué :

— Si tu veux m'aimer, Alex, aime-moi. Mais ne me paie pas.

Je n'ai pas su quoi lui répondre. La mort dans l'âme, j'ai jeté les bijoux dans la première poubelle venue. Peut-être n'ont-ils pas été perdus pour tout le monde…

Nous nous sommes donc séparés vers deux heures du matin, place Saint-Henri. Je n'ai pas pu m'endormir. J'ai passé le reste de la nuit à me torturer l'esprit. Océane ne me semble pas pleinement consciente du danger qu'elle court en essayant de retrouver la meurtrière du vieil homme du canal. C'est le rôle de la police.

Bien sûr, je sais ce qu'elle va me dire. « La police ne me protégera pas. Elle ne protège pas les gens comme moi. Je dois me défendre moi-même. » Elle n'a pas tort, j'en conviens. Mais de là à provoquer cette femme qui semble avoir le couteau si facile…

Enfin, je m'avance bien vite, sans doute. Je juge sans savoir. Peut-être le vieux l'a-t-elle attaquée en premier. Légitime défense ? Ça expliquerait pourquoi elle s'est enfuie sans demander son reste plutôt que de menacer Océane.

Cela dit, il y a dans cette histoire quelque chose de bizarre : pourquoi la meurtrière a-t-elle laissé le couteau dans le ventre de sa victime ? Et pourquoi le vieillard est-il allé mourir aux pieds d'Océane au lieu de se défendre ? Je ne suis capable de répondre à aucune de ces deux questions. D'une part, je n'ai jamais poignardé qui que ce soit ; de l'autre, je n'ai jamais reçu le moindre coup de couteau dans le ventre. Je ne peux parler de quelque chose que j'ignore.

Néanmoins, je me demande si on ne pourrait pas imaginer une autre hypothèse. L'homme a pu se suicider. Désespoir de vieillard parvenu au bout de son rouleau… Cela expliquerait la position du couteau, mais aussi le comportement de la femme aux cheveux courts. Chacun des deux témoins, elle et Océane, aura été persuadé d'assister à un meurtre… en prenant l'autre pour la meurtrière !

Du coup, autant Océane peut se sentir menacée à l'idée qu'une criminelle coure dans la nature en sachant qu'elle a assisté à un meurtre, autant la fille aux allures de garçon peut penser la même chose. Chacune va ainsi vivre dans l'angoisse d'être «la femme qui en savait trop».

Ça me rassure sans doute de penser ainsi. Je me dis qu'Océane ne court aucun danger réel, et cela justifie le fait que je reste ici à ne rien faire.

Mais si je me trompais, malgré tout? Si vraiment cette inconnue était une criminelle, si elle se rendait compte qu'elle a fait une erreur en laissant la vie sauve à la seule personne qui pourrait témoigner contre elle? Si elle ne s'était enfuie, après avoir commis son crime, que dans l'intention d'aller chercher des complices?

L'angoisse me rend malade, me fait imaginer le pire. Je ne sais plus où j'en suis…

Où se trouve Océane, en ce moment? Je regarde ma montre. Il est presque midi. J'ai dû dormir, sans m'en rendre compte. Est-elle déjà en train d'errer dans le quartier à la recherche de ce garçon qu'elle soupçonne de connaître l'autre fille?

Je devrais peut-être sortir, moi aussi. C'est plus fort que moi, cette obsession de la protéger.

Mais où la retrouver, à présent? Où?

6

LE RÉCIT DE JO

C'est curieux. Je me sens observé. Ce matin, j'ai aperçu Sara qui rôdait dans ma rue. Qu'est-ce qu'elle faisait là ? Cette rue ne mène nulle part. C'est le trou du cul du quartier. Il fallait qu'elle soit à ma recherche. Ça n'augure rien de bon…

Je l'aime, Sara, c'est sûr. Enfin, je ne sais pas. Ce n'est pas ça exactement. Je ne sais pas comment dire. Je ne suis pas doué pour ce genre de choses. Disons qu'elle n'est pas comme les autres. Elle me considère comme une personne. Elle me parle, elle m'écoute. Une fois, même, avec elle…

Ça s'est passé comme ça. Je n'ai pas compris. Elle est avec Liviu, non ? Je n'ai rien vu venir. On avait un peu bu, d'accord… Je n'ai pas l'habitude, je n'aime pas ça. À cause de ma mère. Quand on voit où ça mène…

C'était dans leur squat, un soir, rue Pitt. Liviu n'était pas là. On était vautrés sur le vieux canapé. Je ne sais plus comment ça a débuté. Sara a commencé à se coller contre moi. Ses mains se promenaient sur mes cuisses. Je ne savais pas quoi faire.

— Allez, Jo! elle a dit, laisse-toi faire. Décoince!

Et puis, comme je ne réagissais pas, elle a ajouté d'un ton agacé:

— J'ai pas d'assez grosses boules, c'est ça?

C'est une obsession chez elle. Je ne voulais pas entrer là-dedans. Je lui ai dit qu'ils étaient bien, ses seins, que je les aimais beaucoup. Je n'aurais pas dû. Je me suis retrouvé à moitié déshabillé, basculé sur les coussins. Elle a grimpé sur moi.

— Mais, et Liviu? ai-je bredouillé.

— Quoi, Liviu? elle a fait en rigolant. Liviu, c'est mon chum, pas mon propriétaire. Il me l'a dit lui-même. "Tu n'es pas une chose qu'on peut posséder, Sara. Tu es une personne libre et ton corps t'appartient." C'est ça, Jo. Je n'appartiens à personne. Allez, laisse-toi aller…

Je me suis laissé aller, oui. Un peu trop vite, peut-être. Je suis parti comme ça, tout d'un coup, sans pouvoir me retenir. Avant même de… Je suis devenu rouge. Sara m'a tapoté l'épaule.

— C'est pas grave, Jo…

Elle n'en croyait pas un mot, c'est sûr. J'ai failli fondre en larmes. Je me suis sauvé. En tout cas, même si nous sommes restés amis, elle n'a jamais recommencé. Et elle n'en a jamais reparlé.

Ça m'étonne de la voir par chez moi. Si elle veut me parler, elle sait bien qu'elle doit attendre de me rencontrer dans la rue. Elle le sait bien que personne n'entre ici. Même Georges, autrefois. Le frère cadet de Liviu. Georges était un garçon bizarre, sauvage. Il a mal tourné et il s'est retrouvé dans le canal, avec au cou un gros morceau de métal[1]… Mais c'était mon seul ami. Il n'a pourtant jamais franchi ma porte. Sara ne serait pas la première…

J'ai regardé discrètement par la fenêtre, derrière le rideau. J'ai attendu qu'elle disparaisse. Je ne suis sorti qu'une heure plus tard et je suis allé traîner du côté de l'échangeur Turcot. Ce nœud d'autoroutes menace de s'effondrer. Paysage d'apocalypse. Ça fait un peu décor de science-fiction. J'aime bien. Il y a des tagueurs, parfois. Eux, au moins, ils ne me posent pas de questions…

Je n'aime plus la zone du canal. Elle est presque entièrement occupée maintenant par des immeubles dans lesquels les gens d'ici ne pourraient pas se payer le plus petit

---

1. Voir *Les Trois Lames*, dans la même collection.

appartement. Encore quelques années et tous les déclassés comme ma mère ou celle de Liviu – ou même les parents de Sara – auront disparu, rejetés dans je ne sais quelle banlieue minable et lointaine par les promoteurs immobiliers.

En début d'après-midi, j'ai faim. Je redescends en ville, par Notre-Dame. Je suis sur mes gardes. Pas envie de tomber sur Sara. Il y a un restaurant à poutine pas loin. Un des derniers… Au moment d'y entrer, je repère une silhouette qui débouche de la rue Saint-Rémi. Pas Sara, non. Une autre fille que je connais vaguement. Elle n'habite pas très loin de chez moi, chez sa grand-mère. Encore une famille amputée…

Quand je ressors du restaurant, un hot-dog à la main, je me rends compte que la fille aux cheveux noirs est encore là, de l'autre côté de la rue. Adossée à un abri d'autobus.

Il n'y a pas d'autobus le dimanche sur cette ligne…

Elle regarde dans ma direction. Pas possible ! Qu'est-ce qu'elles me veulent toutes, ce matin ? Bon, admettons, elle attend peut-être quelqu'un et, n'ayant rien de mieux à faire, elle dévisage les passants. Je reprends donc la rue vers l'ouest et je tourne presque tout de suite dans le chemin de la Côte-Saint-Paul.

Une vingtaine de pas plus loin, je me retourne. Elle vient d'apparaître à l'angle. Elle me suit! J'accélère. Elle m'imite. Qu'est-ce que ça veut dire? Elle n'a même pas l'air de vouloir me rattraper, elle maintient la distance entre nous. Comme si elle se contentait de m'observer.

Je crois que je comprends. Elle veut vérifier que je suis bien seul et, une fois assurée de ça, elle alertera ses complices et ils me détrousseront dans une ruelle. J'avais l'intention de revenir vers chez moi, mais je me rends compte que c'est un mauvais choix. Trop désert. Mieux vaut filer vers le canal. Il y a toujours plein de monde le dimanche, en cette saison.

En effet, quand je débouche sur la piste cyclable, coureurs, cyclistes, mères de famille avec poussette, promeneurs de tous âges se déplacent en meute. Je m'installe sur un banc, pas loin de l'écluse. La fille s'approche. Elle est toujours seule. Parvenue à quelques pas de moi, elle ralentit et me sourit. Et elle s'assoit à côté de moi, sans me quitter des yeux.

— Salut, Jo.

Je me raidis.

— On se connaît?

— Moi, je te connais.

Ça commence mal… Je la regarde à la dérobée. Oui, je peux la situer. Elle habite rue Sainte-Marie. Tout ce que je sais d'elle, c'est son nom : Océane. Souvent, elle porte une sorte de blouson rouge vif. Soie ou satin. Mais pas aujourd'hui, tiens. Je ne lui ai jamais parlé. Où a-t-elle appris mon nom ?

— On a une amie commune, dit-elle sur un ton presque amical tout en continuant de me dévisager.

Je hausse les épaules. Comme si j'en avais, des amies ! La fille reprend :

— On est allées toutes les deux voir les feux d'artifice au Vieux-Port, hier soir.

— Ah ! Sara…

— Oui, oui, Sara, murmure mon interlocutrice avec satisfaction. Celle qui ressemble à un garçon.

Cette fois, je souris, moi aussi. C'est vrai qu'elle ressemble à un garçon, Sara. Je pense même qu'elle le fait exprès. Mais ce n'est pas mon problème. Ce que je me demande, c'est pourquoi sa copine veut me parler. Je trouve son sourire ironique, tout à coup.

Est-ce que Sara lui a raconté ma pitoyable prestation sur le canapé de la rue Pitt ? Ça se raconte ce genre de choses, les filles. Et ça en rit dans le dos des autres. Alors c'est ça ? Elle est venue voir l'idiot du village? Elle est venue se moquer de moi?...

Je chiffonne nerveusement le papier de mon hot-dog. Je voudrais être ailleurs. Dans une cave. Dans le noir. Sara, je te déteste!...

— Tu l'as vue ce matin?

Drôle de question. En quoi ça la regarde? Je ne surveille pas les faits et gestes de Sara. Oui, je l'ai vue ce matin, puisqu'elle traînait dans ma rue. Mais je n'ai pas l'habitude de moucharder les gens. Je ne réponds pas. La fille insiste:

— Elle m'a prêté un vingt hier soir. Je voulais le lui rendre.

Il y a comme un déclic dans ma tête. Un signal. Alerte... Là, elle en fait peut-être un peu trop, je me dis. Il y a quelque chose qui cloche dans son discours, je m'en rends compte soudain.

D'abord, je n'ai jamais vu quelqu'un pressé à ce point de rendre vingt dollars empruntés la veille. Et, surtout, si elle est assez copine avec Sara pour lui soutirer de l'argent, pourquoi m'a-t-elle suivi dans la rue pour me demander si je l'ai vue plutôt que d'aller directement chez elle? Elle ne connaît pas son adresse? Drôle d'amie...

J'ai l'impression de m'être fait piéger comme un enfant. Je parle peu, d'habitude.

Justement pour ne pas dire de bêtises. Pour ne pas dire ce qu'on veut me faire dire. Mais là, j'ai balancé le nom de Sara au bout de quelques secondes. Pas fort…

Qu'est-ce qu'elle cherche, cette fille, au juste? Que veut-elle obtenir de moi? L'adresse de Sara? Je ne suis pas les services de renseignement. Ça suffit les conneries. Je n'ajouterai pas un mot.

Pour m'en débarrasser, je lui déclare d'une façon un peu abrupte que je n'ai pas vu Sara depuis des mois et que je ne suis pas responsable de sa façon de gérer ses sous. Là-dessus, je me lève et je pars en direction du marché Atwater.

Je marche d'un pas vif, sans me retourner. Qu'elle me suive ou non, peu importe, ce n'est pas interdit et je n'y peux rien. Ce que je dois éviter, en revanche, c'est de l'attirer vers chez Sara et Liviu. Ils habitent ensemble depuis peu, du côté de la rue Lacasse. Je les ai déjà vus rentrer chez eux, même si je n'y ai jamais été invité.

Mes sentiments sont mêlés. D'une part, je me dis que Sara est capable de se défendre toute seule et que ses affaires ne me concernent pas. Mais, de l'autre, c'est moi qui ai donné son nom à cette fille. Je ne sais pas ce qui se trame. Si quelque chose de désagréable arrive à Sara, ce sera en partie de ma faute.

Semer la fille aux cheveux noirs ne sera pas très difficile, mais ensuite? Dois-je essayer de prévenir Sara? De quoi, dans le fond?... J'ai trop d'imagination, peut-être. Est-ce que je ne risque pas, une fois encore, de passer pour un imbécile?

Je ne sais pas quoi faire. Il y a des jours où je voudrais tout simplement ne plus exister...

7

LE RÉCIT DE LIVIU

C'est le téléphone qui me tire de mon sommeil. De mon rêve, plutôt. Et quel rêve! Je tenais Sara dans mes bras. Tout allait bien, j'allais exploser en couleurs… Et voilà que je me retrouve seul dans le lit, avec cette sonnerie horripilante qui me ramène à la réalité. *Rahat*[1]!

Bon, c'est mon jour de repos, aujourd'hui. Qui peut bien m'emmerder à cette heure? Il est à peine neuf heures. Sara a dû sortir pendant que je dormais. De toute façon, ça ne change rien, elle ne répond jamais au téléphone. Et ce n'est sûrement pas elle qui appelle, elle n'a pas de cellulaire.

Je me lève en maugréant. Je décroche et aboie d'un ton rogue:

— Ouais?

— Liviu? C'est Alain. Je te réveille?

— Un peu, que tu me réveilles! On est dimanche, non? Qu'est-ce qui se passe? Tu avais peur que je manque la messe?

---

1. Merde, en roumain.

— Désolé, vieux, mais je ne plaisante pas. Il s'est passé quelque chose cette nuit. Dans ton secteur. Grave. Il faut que tu viennes.

Alain, c'est le coordinateur des travailleurs de rue pour le Sud-Ouest. Au sens large. Saint-Henri, Petite-Bourgogne, Griffintown, jusqu'au Vieux-Port. Mon secteur, c'est Griffintown.

— J'ai le temps de prendre un café?

— Le temps de rien, vieux. Les policiers sont là. Tu sautes dans tes pantalons et tu me rejoins tout de suite.

— Au bureau?

— Non. Au centre médico-légal. Je te donne l'adresse.

Alain n'a pas voulu m'en dire plus. Pas son genre. J'en déduis que, au moment où il me parlait, les policiers étaient près de lui et qu'il ne voulait pas trop en dire. Mais s'il appelle du centre médico-légal, ça veut dire qu'il y a eu un mort.

Je n'aime pas ça. Qu'est-ce que ça cache? Histoire de drogue? De gang de rue? J'en vois de toutes les couleurs, au cours de mes nuits de travail. Le plus dur, pour moi, ce sont ces mineurs, garçons et filles, parfois très jeunes, qui atteignent le fond en si peu de temps que le désintérêt de la société à leur égard ne peut à lui seul expliquer leur déchéance. Il faut qu'il y ait chez eux une fascination de l'abîme...

Bon, pas tout près, la morgue. Je dois y aller en métro. Tout au long du trajet, je me demande sur quel genre de cadavre je vais tomber. Si Alain m'a convoqué, c'est qu'il s'agit de quelqu'un que je connais. Une des jeunes droguées dont je me suis occupé récemment et qui vivent dans la rue depuis le printemps ? On finit par se sentir assez proches d'elles, parfois. J'en ressens un profond malaise.

Contrairement à ce qu'on aimerait peut-être imaginer, le bâtiment du centre de médecine légale n'a rien de sinistre. Il est tout aussi moderne que quelconque et pourrait abriter n'importe quelle administration.

À l'entrée, je m'identifie et un employé me conduit sans tarder dans une salle où m'attendent, outre deux personnes en blouse blanche, Alain et deux types en civil qui doivent être des flics.

Les présentations sont rapides et sommaires. Un des hommes en blanc me fait signe d'approcher d'une table. Un corps y repose, recouvert d'un drap. L'air blasé, l'homme retire le drap jusqu'aux genoux.

Le spectacle provoque en moi un léger haut-le-cœur. Je n'aime pas le sang. Pourtant, en même temps, j'éprouve une sorte de soulagement. Le cadavre n'est pas celui d'une jeune fille. C'est irrationnel, je suis bien d'accord, et la mort reste la mort, mais la disparition d'une adolescente demeure une chose que je ne peux pas supporter.

J'essaie cependant de ne pas montrer mon émotion. Et puis, très vite, la réalité se charge de me rappeler à l'ordre. Que le corps étendu devant moi soit celui d'un vieillard n'enlève rien à l'horreur de la chose.

Les vêtements ont été découpés pour dégager l'abdomen. Peau blême, flétrie, usée. La plaie n'est pas belle. Oui, je sais, une plaie n'est jamais belle…

— Couteau?

L'homme en blanc hoche la tête. Un des flics toussote. OK, j'ai compris, ce n'est pas à moi de poser les questions…

— Vous le connaissez?

Hypnotisé par la sale blessure au ventre, je n'avais pas encore regardé la tête. Mes yeux remontent jusqu'au visage du mort. J'éprouve un vif pincement au cœur, mais je n'en laisse rien paraître. Oui, je le connais. Roman. Pauvre vieux…

Les deux policiers me dévisagent, attendant ma réponse. Ce corps sans vie, pour eux, n'a aucune histoire, aucun intérêt. Il ne peut susciter aucun sentiment. Ce n'est qu'une affaire désagréable dont ils ont hâte de se débarrasser. J'articule lentement:

— Roman Baillargeon. Un itinérant de longue date.

Les flics échangent un regard et l'un d'eux, désignant le vieux Roman du menton, lâche avec mépris:

— Règlement de comptes entre *bums*? Bagarre?

Je secoue la tête.

— Je ne sais pas. C'était un type plutôt pacifique.

— Drôle de paix, reprend l'enquêteur. Le visage est dans un sale état. Il est tombé sur un marteau?

L'humour de ce type me répugne. J'ai envie de lui arracher les yeux... Je me contente de répondre d'un ton sec:

— Vu les conditions dans lesquelles vivent ces gens, il est presque étonnant que son visage ne soit pas encore plus abîmé.

Le flic renifle et hausse les épaules. Il n'a pourtant pas tort. Le visage de Roman n'a jamais été celui de Brad Pitt, d'accord, mais il me semble bien qu'il a reçu des coups, et ce, récemment. Je choisis pourtant de ne rien dire. Ça ne servirait à rien. Je sais déjà comment se terminera cette enquête. Le verdict a été prononcé il y a quelques secondes : «Règlement de comptes entre *bums*.»

Alain me fait un signe discret de la tête. Je sais ce qu'il veut me dire. «Tiens-toi tranquille, Liviu. N'attire pas l'attention sur toi.» Il a raison. Étant d'origine roumaine, immigré douteux, donc, je suis *a priori* coupable de la moitié des délits commis dans cette ville. Qu'est-ce que ce serait si j'étais haïtien !...

Finalement, ces messieurs nous font comprendre que, en ce qui nous concerne, Alain et moi, l'entretien est terminé. Tant mieux. Ça devenait irrespirable...

On nous laisse partir. Je suis frustré et énervé. Une fois dans la rue, Alain se montre plus bavard.

— Des promeneurs ont signalé très tôt ce matin la présence d'un corps en bordure de la piste cyclable, raconte-t-il. Près du vieux bâtiment du CN, à côté du pont du chemin de fer, au bord du canal. Les marathoniens du dimanche... Vu l'allure du mort, la police a tout de suite pensé à un itinérant. C'est pourquoi ils m'ont appelé. J'aurais voulu t'épargner cette épreuve ce matin, mais je ne connaissais pas ce Baillargeon. C'était ton secteur.

Je le rassure.

— Tu as bien fait. Après tout, Roman n'était pas un chien.

Alain hoche la tête, sans dire un mot. Je sens bien que ça le démange, pourtant. On ne fait pas le métier que nous faisons sans une certaine dose de compassion. Au bout d'un moment, il reprend :

— Tu le connaissais bien ? Il avait de la famille ? On peut prévenir quelqu'un ?

Je secoue la tête.

— Roman n'avait aucune famille, à ma connaissance. Un drôle de vieux, pas méchant, mais pas liant non plus. Il était assez isolé parmi les sans-abri du secteur. Les autres l'appelaient "le philosophe".

— Le philosophe ?

— Les *bums* du coin n'ont pas beaucoup d'éducation, Alain, tu le sais très bien, et leur histoire est souvent la même. Roman, lui, avait un autre profil. J'ai parfois parlé avec lui. Il avait une connaissance assez étonnante de la littérature classique européenne. On en discutait. Je crois qu'il m'avait pris en amitié, si le mot n'est pas trop fort. À cause de mes origines.

— Il était roumain ? Son nom sonne pourtant parfaitement québécois.

— Roumain, non. Polonais. Enfin, à moitié. Sa mère était polonaise. Il l'adorait, d'après ce que j'ai pu comprendre. Elle est morte quand il était ado et son père a disparu. Il ne s'en est jamais remis.

De nouveau, Alain hoche la tête en silence. Je sais ce qu'il va me demander.

— Qu'est-ce qui s'est passé, d'après toi ?

Je m'accorde un moment de réflexion avant de répondre. Comment le saurais-je ? À ma connaissance, Roman n'avait pas d'ennemi. Il n'emmerdait personne et ne se laissait pas impliquer dans les petites haines ordinaires qui empoisonnent la vie de tous les groupes sociaux, y compris les plus défavorisés.

— Apparemment, dis-je enfin, il s'est battu. Ou on l'a battu. Mais je ne comprends pas pour quelle raison. Il n'avait aucune possession pouvant justifier la jalousie des autres, et il n'était pas du genre à chercher querelle à qui que ce soit. Profondément pacifique. Non, je ne vois pas. À moins que…

— À moins que ? fait Alain, me voyant hésiter.

— Il s'est peut-être suicidé. Il vieillissait, ça devenait difficile pour lui. En vieil anarchiste qu'il était, il refusait toute aide de l'État ou de la municipalité. Il assumait sa misère et n'en rendait personne d'autre responsable. Mais ça devait être dur. De plus en plus dur.

— Désolé de te contredire, Liviu, mais c'est impossible. Si ça avait été un suicide, on aurait retrouvé le couteau près de lui. Or, les policiers ont dit avoir passé la scène de crime au peigne fin, mais sans succès. D'après le médecin légiste, l'arme ayant causé la mort est un couteau à lame assez longue et épaisse. Pas un couteau de cuisine. Une vraie lame de tueur.

Je secoue la tête. Malgré tout, je n'arrive pas à croire à une rixe entre sans-abri qui aurait mal tourné. Une lame de tueur, dit Alain. Un meurtre prémédité ? Invraisemblable. Ou alors, on a pris le vieux Roman pour quelqu'un d'autre. Il s'est trouvé au mauvais endroit, au mauvais moment…

Parvenus à la station de métro, nous nous séparons sans avoir ajouté grand-chose d'autre.

— J'espère que la police va résoudre ce mystère, lance Alain.

— N'y compte pas trop !

Une demi-heure plus tard, je suis de retour à Saint-Henri. Sara est là, en train de bouquiner sur le lit. Elle sursaute.

— Où étais-tu passé ? s'écrie-t-elle. J'étais presque inquiète.

Je souris. Quand je pense aux regards qu'elle me lance lorsque je fais mine de m'inquiéter pour elle…

— J'ai dû sortir pour une affaire, dis-je d'un ton que je voudrais indifférent.

— Un dimanche matin ?

Bah, je n'ai pas de secrets à avoir pour Sara. Pas de ce genre.

— Un problème avec Alain. Il m'a appelé. J'ai dû y aller.

Sara prend un air soucieux, ce qui ne lui est pas habituel.

— Grave, le problème ?

— Assez, oui, dis-je en lui tournant le dos et en me dirigeant vers la machine à café pour m'en servir une tasse. Vers le Vieux-Port.

— Un vieux type poignardé ?

Je fais brusquement volte-face, stupéfait. Sara a presque crié. Elle me dévisage, anxieuse, bouche entrouverte.

— Comment tu le sais ?

Elle avale sa salive et prononce à voix basse :

— Je l'ai vu. Cette nuit…

8

LE RÉCIT DE SARA

— C'est là ?

Au train où nous allons, il nous a fallu à peine vingt minutes pour arriver. Sous le soleil de midi, l'ancien édifice du CN a perdu son aspect inquiétant. Il n'est rien d'autre qu'une ruine lépreuse et insignifiante.

Je m'attendais vaguement à voir l'endroit bouclé par des bandes jaune fluo et interdit d'accès. Il n'en est rien. L'enquête – l'examen de la scène de crime, du moins – a dû être expédiée à une vitesse record. Un sans-abri assassiné, ça ne vaut pas le coup de faire du zèle...

Je le fais remarquer à Liviu, qui hausse les épaules.

— Je m'en doutais, marmonne-t-il.

Tout à l'heure, lorsque je lui ai annoncé que j'avais vu mourir cet homme, il a eu l'air de tomber des nues.

— Tu as vu Roman se faire tuer ?

— Ou...oui, ai-je balbutié. Enfin, je crois...

J'ai dû tout lui raconter. Il m'a écoutée jusqu'au bout sans m'interrompre, tendu, attentif.

— Bizarre, a-t-il murmuré quand j'ai eu terminé mon récit. Je n'imagine pas le vieux Roman en train d'agresser une fille. Et encore moins une deuxième coup sur coup. C'était un drôle de type, d'accord, mais il était extrêmement respectueux. Un gentleman, dans son genre. À moins qu'il n'ait été ivre mort.

— C'est ce que j'ai pensé quand je l'ai vu s'avancer vers moi en titubant et commencer à me tripoter, ai-je dit. Mais – et je m'en souviens bien parce que ça m'a étonnée sur le moment – il ne sentait pas du tout l'alcool. J'ai pourtant eu son haleine en plein dans la figure.

Liviu a réfléchi un instant, puis il m'a demandé :

— Tu avais prévu quelque chose ce matin ?

— Non.

— Alors allons-y. Je veux voir ça de plus près.

— Et la police ?

— Si elle est encore là, on rebrousse chemin. Mais ça m'étonnerait.

Il avait raison. Seuls coureurs et cyclistes passent et repassent sur la piste cyclable. Le cadavre a été embarqué et la tache de sang, sur le sol, est déjà sèche et n'est pas visible depuis la piste.

Comme lors d'une vraie reconstitution des faits, je reproduis à l'intention de Liviu mes mouvements de la nuit, lui indiquant chaque fois la position de Roman par rapport à moi, puis celle de la fille au blouson rouge.

— Comment l'a-t-elle frappé?

La question me gêne. À vrai dire, je n'ai pas vu avec exactitude comment le coup a été porté. Le vieux s'est approché d'elle, et c'est au moment où je me suis retournée pour vérifier ce qu'il faisait qu'il s'est écroulé à ses pieds. C'est alors que j'ai vu le couteau.

— Tu ne m'as pas dit qu'il tenait son manteau fermé sur lui?

— Oui, comme s'il avait froid. Le manteau ne s'est ouvert qu'au moment où il est tombé.

Liviu se gratte la joue.

— Ça n'a pas de sens, voyons. Comment ta meurtrière a-t-elle pu le poignarder *sous* son manteau?

— Je... je ne sais pas. Je ne l'ai pas vue faire un mouvement, en fait. Elle était immobile, bras ballants. Mais ça m'a semblé évident, comme ça, sur le coup. J'étais sous le choc. Comme ça ne pouvait pas être moi, je ne me suis pas interrogée davantage.

Liviu hoche la tête en silence, l'air préoccupé, puis il reprend :

— Le couteau était là avant, Sara. Je veux dire, Roman l'avait déjà dans le ventre lorsqu'il est venu vers toi. C'est pour ça qu'il vacillait. C'était sans doute pour ne pas perdre trop de sang qu'il le maintenait en place. Mais il était déjà en train de mourir…

— Tu veux dire qu'il s'est suicidé ?

— J'y ai pensé, mais ça ne marche pas. Les flics n'ont pas retrouvé le poignard. Et puis, sans vouloir être sexiste, ce n'était pas une arme de fille. Du moins si j'en crois la description faite par le légiste après l'analyse de la blessure.

Ça me semble incroyable, tout de même. J'essaie de rassembler mes souvenirs et d'évoquer avec précision la scène de cette nuit. Si la fille n'est pas coupable, ça expliquerait bien sûr pourquoi elle m'a paru tellement surprise quand le vieil homme est tombé à ses pieds. Mais il se trouvait tout juste entre elle et moi. Où était l'assassin, dans ce cas ? J'en mettrais pourtant ma main au feu : à part elle, il n'y avait personne dans les environs.

— Ce n'est tout de même pas l'homme invisible qui l'a tué, fais-je remarquer.

— Je ne comprends pas plus que toi, répond Liviu. D'un autre côté, la nuit était sombre, m'as-tu dit. Tu as pu distinguer la fille parce qu'elle était éclairée par le lampadaire près de l'entrée. Mais tout autour, il faisait vraiment noir. L'homme devait être tapi là, tout près. Roman ne s'est pas promené toute la soirée avec les intestins troués.

C'est possible, oui. Tout s'est passé si vite. Mais il me semble que le moindre mouvement m'aurait accroché l'œil.

— Et puis, poursuit Liviu, il a bien fallu qu'il récupère son arme, cet assassin. Je ne comprends d'ailleurs pas pourquoi il l'a laissée dans le corps de sa victime. Peut-être que quelqu'un l'a dérangé.

— Tu veux dire qu'il m'a vue? m'écrié-je, sentant la peur remonter en moi.

— En tout cas, pour une raison ou pour une autre, il n'a pas voulu intervenir. Ou il n'a pas pu.

Liviu prend ma main dans la sienne. Sa façon, sans doute, de me dire qu'il est là, qu'avec lui je n'ai rien à craindre. Question sentiments, ce n'est pas un bavard…

— Ne restons pas ici, reprend-il en haussant les épaules. Allons voir ce qu'il y a là-dedans.

La porte de la bâtisse est branlante et ne ferme pas. À l'intérieur, il fait clair, la plupart des fenêtres étant brisées. Gravats, débris de toutes sortes. Certains organiques. L'endroit doit servir de toilettes publiques. L'odeur est atroce…

Liviu furète un moment, à pas lents. Indécis. Je ne comprends pas trop ce qu'il cherche.

— C'est idiot, murmure-t-il au bout d'un moment, découragé. Si l'assassin s'est caché ici, il n'aura pas laissé sa carte de visite. Et puis les flics ont déjà dû faire le tour et ramasser ce qu'il y avait à ramasser.

Liviu soupire.

— Ce qu'il faudrait, c'est retrouver cette fille, conclut-il. En comparant vos deux témoignages, on y verrait peut-être plus clair.

— Oui, c'était mon intention, dis-je un peu étourdiment.

Je me tais aussitôt. Je connais mon Liviu. Il va me dire de laisser tomber, de rester tranquille et de ne pas m'exposer inutilement. Pourtant, non. Il se contente de hocher la tête.

Pas envie de m'éterniser ici. Cet endroit commence à me porter sur les nerfs. J'ai besoin d'air frais. Alors que nous ressortons de l'édifice, je me dirige machinalement vers le canal. Liviu me retient.

— Attends! Faisons le tour.

Je ne sais pas ce qu'il espère découvrir, mais je le suis. À l'arrière du bâtiment s'étend un terrain vague et pelé qui donne sur un dépôt d'autobus. Le mur, de ce côté-ci, est muet. Herbes folles montant au niveau du genou, tout au plus. Aucune cachette possible, si jamais c'est ce que Liviu a en tête.

Il longe lentement le mur, scrutant tantôt le sol, tantôt la paroi. Il s'arrête très vite.

— L'herbe a été piétinée, ici, fait-il en me montrant les broussailles du doigt.

— Et alors, Sherlock Holmes?

— Et alors, regarde ça aussi.

Il me désigne, sur le mur, à la hauteur de son visage, une tache rougeâtre. Une trace rouge. Il en approche les yeux à quelques centimètres.

— Récent, laisse-t-il tomber. Très récent. Roman portait des traces de coups au visage. Il s'est battu.

— Tu veux dire que son agresseur lui a écrasé la tête sur ce mur?

— Pas exactement, fait Liviu d'un air pensif. Plutôt l'inverse. Roman n'était pas très grand. Vieux et voûté. Une bonne tête de moins que moi. Ce sang n'est pas le sien. C'est celui de…

Liviu n'a pas le temps de préciser sa pensée. Un concert de sirènes nous fait sursauter. Le bruit est tout proche.

— Rue Peel, ou Wellington, murmure Liviu.

Les sirènes provoquent toujours un certain malaise chez moi. Je les trouve menaçantes. Au son, je dirais qu'elles se rapprochent du canal. Je n'aime pas ça.

— Filons.

Liviu n'insiste pas. Nous rejoignons la piste cyclable. Liviu, toutefois, s'arrête net.

— Ça vient de là-bas, remarque-t-il en désignant la direction du pont de la rue de la Commune.

— Tant mieux, nous allons justement de l'autre côté.

Mais Liviu ne décolle pas.

— Il y a des policiers, mais aussi des pompiers.

— Comment tu le sais ?

— Les sirènes ne sont pas les mêmes.

— Et ça change quelque chose ?

— Pour moi, oui. Le pont, là-bas, qui fait la jonction entre la rue Peel et la rue de la Commune, sert de refuge à plusieurs sans-abri du quartier. Roman y dormait souvent en été.

J'ai compris. Mauvaise nouvelle, je suppose. Pas la peine de me faire un dessin. Sans un mot, nous nous mettons à trotter vers le pont.

Nous n'avons pas à aller très loin. La piste est coupée à une centaine de mètres plus loin, et deux policiers sont en train d'installer des rubans jaunes. Liviu ne s'est pas trompé. Au-delà de la barrière, sur la berge du bassin Peel, s'agitent policiers et pompiers. J'aperçois aussi une ambulance.

La foule des promeneurs du dimanche commence à s'attrouper comme un nuage de mouches, et les policiers s'efforcent de la maintenir à distance. En tout cas, ce n'est pas moi qui irai me frotter à eux…

Liviu me prend discrètement par le coude et m'attire à l'écart.

— Inutile qu'on nous voie par ici. Viens, on va faire le tour.

Nous rebroussons chemin, repassons derrière le bâtiment du CN. Là, nous tournons à droite et rejoignons, au-delà du terrain vague, une petite rue déserte, la rue Smith. Nous laissons sur notre gauche une autre rue bordée d'immeubles en brique plus ou moins abandonnés et nous débouchons dans la rue Peel.

À droite, le pont du chemin de fer passe au-dessus de cette rue, qui devient la rue de la Commune au-delà du pont. Une certaine agitation règne, là aussi. À voir la quantité de véhicules jaunes, rouges ou portant l'insigne du SPVM, avec leurs gyrophares en mouvement, on pourrait croire qu'un Boeing 747 s'est écrasé dans le bassin. L'accès au bassin Peel est interdit.

Liviu m'entraîne vers la droite, le long d'une palissade de chantier. Sous le tablier du pont, dominant une portion de la piste cyclable, on aperçoit les sacs de couchage et le bazar hétéroclite des itinérants qui passent l'été ici. Plusieurs d'entre eux discutent à voix basse. Ils aperçoivent enfin Liviu et l'un d'eux lui fait un signe discret, auquel il répond par un léger hochement de tête.

Liviu s'approche de lui. Le type n'est plus tout jeune. La quarantaine, peut-être. Les autres s'écartent. Liviu lui tend la main.

— Salut, Réal.

Réal ne répond pas et ne prend pas sa main, mais Liviu ne paraît pas s'en formaliser. Apparemment, il a l'habitude.

— Qu'est-ce qui se passe, ici ?

Réal renifle, fait un mouvement de tête en direction du bassin et prononce à voix basse, d'un ton rogue :

— Un cadavre. Dans le bassin. Déjà qu'il y a eu "le philosophe" ce matin… On n'avait pas besoin de ça.

Bravo, la compassion…

— Un des vôtres ?

— *Nope.* Une fille. Jeune. *A bitch, you know.* C'est Robert qui l'a signalée.

Un peu à l'écart, un vieil homme est assis sur le ciment, l'air prostré. Liviu hoche la tête et se dirige vers lui, puis il s'accroupit à ses côtés. Je l'entends chuchoter quelques mots que je ne comprends pas. J'avance un peu. Le vieux finit par répondre, d'une voix brisée :

— Pauvre fille. Une gamine. Mineure, c'est sûr. Petite, brune. Elle a dû être mignonne…

— Elle a dû ?

— Elle a dû, oui. Avant qu'on ne lui démolisse la figure.

Une petite brune ?

Tout à coup, un mauvais pressentiment me serre la gorge…

9

LE RÉCIT D'ALEX

Ce que je craignais est arrivé! Je m'en veux à mort, j'ai agi comme un imbécile. Jamais je n'aurais dû la laisser seule.

L'information est sortie sur le fil de nouvelles de plusieurs journaux en ligne. «Macabre découverte!» «Crime odieux!» «Une jeune fille assassinée dans le Vieux-Port». Ces titres ronflants ont attiré mon attention alors que, après avoir erré tout l'après-midi dans les rues du quartier, je suis finalement rentré à la maison, démoralisé, pour m'affaler devant mon ordinateur.

J'ai dévoré les articles, affolé par ce que j'y lisais, même si l'information était trop récente pour qu'on y donne des détails. Mais ce qu'on sait de l'affaire suffit à me plonger dans un abîme d'angoisse.

L'identité de la victime n'a pas été dévoilée, mais le signalement et le lieu concordent. Une jeune fille aux cheveux noirs a été repêchée dans le bassin Peel aux environs de midi, après qu'un itinérant a averti les pompiers. C'est bien elle! La meurtrière est revenue, accompagnée de complices, sans doute. Ils ont retrouvé Océane, ou ils l'ont attirée jusque-là. Et ils l'ont liquidée…

Le corps, d'après la police, porte de nombreuses traces de coups et le visage n'a pas été épargné. Souci évident de la rendre méconnaissable. Et comme Océane ne porte jamais de documents d'identité sur elle…

J'ai passé la soirée entière à me ronger les sangs dans ma chambre, incapable d'aligner deux pensées cohérentes, incapable de me décider. Je me sens minable, inutile. Que faire ? Me rendre chez elle ? Certainement pas. La police doit déjà avoir retrouvé sa trace et ils surveillent le quartier. Ou bien les assassins eux-mêmes… Dans un cas comme dans l'autre, je m'exposerai à je ne sais quel danger.

L'inaction me rend fou. Je ne peux plus rester là. Sans idée précise de ce que je vais faire, de ce que je *peux* faire, je sors de chez moi et file comme un dératé sur la piste cyclable en direction du Vieux-Port.

Il fait nuit à présent mais, à cause de la chaleur, de nombreux promeneurs flânent encore sur les bords du canal. Je dois en bousculer quelques-uns. Je ne m'en rends pas compte. On m'invective. Je n'entends pas. Je ne réponds pas. Je fonce…

Je sais que le corps d'Océane n'est déjà plus là-bas, qu'il repose sans doute depuis quelques heures à la morgue, quelle que soit la dénomination officielle de ce lieu sinistre où on conserve les cadavres dont personne ne veut. Mais qu'on ne me parle pas de raison, qu'on ne me parle pas de logique. Je suis dévoré par l'angoisse, c'est tout. Et je me sens coupable.

Lorsque j'arrive en bordure du bassin Peel, après avoir tourné à l'angle marqué par l'ancien bâtiment du CN où j'ai connu mon dernier instant de plaisir avec Océane, j'ai les larmes aux yeux.

Je suis presque étonné de voir que l'endroit est aussi calme. Aucun vestige de l'atroce repêchage… Pourrait-on croire que, il y a quelques heures à peine, on sortait de ces eaux noires le corps abominablement mutilé de celle qui fut ma meilleure amie? Les passants, cependant, n'ont pas l'air de soupçonner l'affreux drame qui s'est joué ici il y a peu.

Une phrase d'Océane me revient doulou-reusement. Elle évoquait une fois encore sa haine et son mépris de la police. «Si on découvre un jour mon corps dans une ruelle sombre, Alex, avait-elle ricané, sois bien sûr que les chiens sales ne perdront pas leur temps à courir après mon assassin. Ils ne prendront même pas la peine de dérouler leurs petits rubans jaunes autour de mon cadavre… »

Prémonitoire ?

Je m'approche du bord, me penche au-dessus de l'eau sombre. Jamais cette eau ne m'a semblé aussi triste. Était-ce là ? Ou plus loin ? J'aperçois un groupe de sans-abri sous le pont, un peu plus loin. C'est l'un d'eux qui a averti les autorités. Je me demande s'ils accepteraient de me parler.

On dirait qu'ils m'ont vu, eux aussi. Qu'est-ce que j'ai à perdre, après tout ? À pas lents, je me dirige vers eux. Mais plus j'avance, plus ils reculent, plus ils semblent vouloir se fondre dans l'ombre.

Je les comprends, dans le fond. La police les a certainement déjà interrogés, harcelés, soupçonnés, et ils se méfient de tout le monde. Comme Océane se méfiait. Sauf que, pour une fois, elle ne s'est pas assez méfiée. Je ne veux pourtant pas abandonner. S'ils ont vu quelque chose, je dois le savoir.

Le groupe a disparu sous le tablier du pont. Les passants eux-mêmes se font plus rares. Tout à coup, un autre homme apparaît. Venant de la rue Peel, je crois. Il regarde dans ma direction. Un des leurs ? Une sale gueule, en tout cas. Amochée. Une sorte de blessure à la tempe.

On dirait qu'il me dévisage, qu'il cherche à m'évaluer. Sans la moindre bienveillance... J'hésite un instant.

Il s'avance vers moi, lentement. A-t-il l'intention de me parler, à l'insu des autres ? Quelque chose, cependant, me paraît bizarre dans son attitude. Non, pas son attitude. Ses vêtements... Trop propres, trop chics... Ce n'est pas un sans-abri, loin s'en faut. Et il me paraît bien sûr de lui.

Voilà qu'il accélère. Tout à coup, je comprends ! Quel imbécile je fais ! Ils ont eu Océane, et je me croyais à l'abri. Mais j'étais avec elle ! Moi aussi je me suis trouvé près du cadavre du vieux. Moi aussi on m'a vu à ses côtés ! Et je ne suis pas bien difficile à reconnaître. Grand maigre à lunettes, cheveux frisés en désordre, et toujours les mêmes vêtements...

Je fais demi-tour et repars vers la piste cyclable. L'homme se met à courir. Du coin de l'œil, je l'aperçois glisser sa main dans sa poche. Je sais ce que ça signifie. La peur me noue le ventre, des visions de cauchemar m'assaillent. J'imagine le visage tuméfié d'Océane au moment où l'ignoble individu la jette, en pleine nuit, dans le bassin, comme un vulgaire chien crevé.

Affolé, je pars en courant vers Saint-Henri, sentant dans mon dos le tueur me prendre en chasse. Mais qu'est-ce que j'espère ? Il est armé, moi pas. Instinctivement, je me dis que seule la longueur de mes jambes peut me sauver. À condition que l'arme ne soit pas un pistolet… Je ne veux pas me retourner. Jamais je n'ai couru aussi vite.

Mais la malchance est sur moi, ma parole ! J'ai à peine parcouru une cinquantaine de pas qu'un autre individu surgit devant moi, au beau milieu de la piste. Un complice ? Je freine des quatre fers. À ma gauche, le bassin Peel ; à ma droite, le remblai qui supporte la voie ferrée. Derrière moi, l'assassin. Je suis pris en sandwich. Aucune issue possible !

Le type s'est arrêté, lui aussi, et il me dévisage avec un drôle de regard. Autant le premier, un homme dans la quarantaine, je pense, arborait une figure de bandit arrogant et sans scrupule, autant celui-ci, beaucoup plus jeune – mon âge, peut-être ? –, a l'air de tomber de la lune. Un débutant, sans doute. Irrésolu, peu sûr de lui, mais prêt à faire ses preuves…

Dans mon dos, cependant, j'entends les pas du premier, qui ne va pas tarder à me rattraper. De deux maux, je choisis le moindre. En fonçant droit sur lui, j'ai une chance, peut-être, de déstabiliser le jeune voyou et, qui sait, de l'expédier au sol avant de pouvoir reprendre la fuite.

Mais, au moment où je vais prendre mon élan, le garçon me devance et, sans prévenir, poussant une sorte de grondement sauvage, il se précipite sur moi. Il a sorti un couteau de sa poche !

Cette fois, je suis fichu…

10

LE RÉCIT DE JO

Je ne sais pas pourquoi j'ai agi comme ça. Ça ne me ressemble pas. Je dirais même que je déteste ça. Tout ce que je demande, c'est que personne ne me pose de questions. Qu'on me laisse tranquille. Je ne veux même pas qu'on me parle, même pas qu'on me voie. Mais j'ai peut-être cherché, aussi, je dois le reconnaître…

Je n'aurais jamais pensé que ça finirait de cette façon. Ça avait commencé plutôt cool. Il devait être midi passé. J'avais fini par retrouver Sara. Elle était avec Liviu, ils revenaient du Vieux-Port.

J'avais tenté de me débarrasser de la fille aux cheveux noirs pendant une grande partie de la matinée en la promenant entre la Petite-Bourgogne et Pointe-Saint-Charles, parce qu'elle persistait à me suivre. Un vrai pot de colle ! Il m'avait fallu un certain temps parce qu'elle était diablement habile. Chaque fois que je croyais l'avoir semée et que je ralentissais un peu, hop !, je la voyais réapparaître au coin de la rue.

Mais pour ce qui est de jouer à l'homme invisible, tout de même, je suis champion. Je l'ai finalement perdue du côté de Verdun, où je connais des ruelles et des allées dans lesquelles une chatte perdrait ses petits.

Ensuite, j'ai traîné un bon moment dans la rue Saint-Patrick et je suis allé m'asseoir sur un banc pour regarder les bateaux aux écluses Saint-Gabriel, sur le canal. Ça m'amuse toujours de voir ces types déguisés en marins d'eau douce avec leurs blondes en bikini qui tortillent des fesses en faisant semblant de ramasser des cordages sur le pont minuscule de leur coquille de noix motorisée. Ils ne se rendent donc pas compte qu'ils sont ridicules ?

C'est là que je les ai aperçus. Liviu et Sara. Ils n'avaient pas l'air de rire, eux. Je n'avais pas très envie de les aborder, mais je ne tenais pas non plus à faire l'effort de me cacher. Ils ne sont pas mes ennemis…

C'est Liviu qui m'a vu le premier, et il m'a fait un signe de la main.

Je suis toujours un peu mal à l'aise de le rencontrer, surtout quand Sara est là, à cause de ce que j'ai fait avec elle. Mais Sara, elle, ça n'a pas l'air de la déranger. Pour sa part, Liviu m'apprécie, je crois, parce que j'ai été le seul ami de son jeune frère. Ou disons que, pour cette raison, il me considère comme quelqu'un d'un peu spécial.

Je les ai donc laissés approcher. Sara a glissé quelques mots à l'oreille de Liviu et ils sont venus s'installer à côté de moi.

Nous sommes restés assis tous les trois dans un silence gêné. Je devinais que Sara voulait me demander quelque chose et, de mon côté, je ne savais pas trop comment aborder le sujet de cette fille qui la recherchait.

Finalement, c'est Sara qui a parlé la première, d'une voix lente et mal assurée.

— Dis-moi, Jo, tu ne connaîtrais pas une fille du quartier, enfin, je crois qu'elle habite par chez toi, avec des cheveux noirs, et qui se balade parfois avec un blouson rouge vif?

— Celle qui te cherche?

Sara et Liviu m'ont paru stupéfaits, puis ils ont échangé un regard anxieux. Sara a repris à voix basse:

— Qui me cherche? Qu'est-ce que tu veux dire?

Je leur ai raconté ma matinée – sans préciser que je l'avais aperçue, elle, Sara, rôder dans ma rue. Ils ne m'ont pas interrompu pendant mon récit, mais ils se lançaient parfois des coups d'œil où je sentais de l'inquiétude ou, du moins, un certain malaise.

— À quelle heure est-ce que tu l'as vue pour la dernière fois ? a demandé Liviu.

Je ne le savais pas avec précision.

— Entre dix et onze heures, peut-être, ai-je hasardé. Je n'ai pas de montre.

Liviu a hoché la tête, puis il a murmuré :

— Ça ne peut pas être elle, alors. Elle n'aurait pas eu le temps.

De nouveau, il a cherché le regard de Sara, et celle-ci a approuvé. Elle a semblé soulagée.

Je n'aimais pas beaucoup ces allures de conspirateur, mais je ne voulais pas avoir l'air de me mêler de leurs affaires. J'ai détourné les yeux et fait semblant de regarder les bateaux. Liviu a dû sentir mon malaise, parce qu'il a repris presque aussitôt :

— Sara a vu un drôle de truc, cette nuit. Un vieux qui s'est fait poignarder à mort, presque sous ses yeux. Et cette fille se trouvait là, elle aussi. Sara a cru que c'était elle qui avait fait le coup, sur le moment. Les apparences… Mais son rôle dans l'affaire est loin d'être clair.

Il s'est tu un instant avant de poursuivre :

— Tu as dit qu'elle n'avait pas l'air menaçante quand elle te questionnait sur Sara ?

— Menaçante, non. Mais pas nette. Elle voulait se faire passer pour une amie. Sauf que cette histoire de vingt dollars à rembourser, ça m'a paru complètement idiot. Je ne l'ai pas crue une seconde.

— Tu sais comment elle s'appelle, qui elle est ?

— Elle a un nom bizarre. Océane, je crois. Je l'ai souvent aperçue dans le quartier. Une traîne-misère. Elle sort avec une espèce de grand type un peu niaiseux. Lunettes, boutons, tête de *nerd*... Pas son genre, par exemple. Pas du tout. Il est riche. Il habite dans un loft immense pas loin du marché Atwater. Je suppose qu'elle lui soutire du fric. Forcément. Elle a raison. Tous des salauds de propriétaires...

Je me suis arrêté là. Pas besoin de faire autant de commentaires sur cette fille, je me suis dit.

Je l'ai quand même trouvée bizarre, l'histoire de Liviu. Alors comme ça, d'après Sara, Océane aurait tué un vieux type ? Et elle la rechercherait pour lui régler son compte parce qu'elle l'a vue sur le lieu du crime et qu'elle pourrait la signaler à la police ? Mais pourquoi ne pas l'avoir fait sur le moment, en profitant de l'obscurité ? Plutôt étrange...

Et puis, elle m'a l'air vive, c'est vrai, mais je ne la vois pas vraiment en meurtrière. D'ailleurs, Liviu n'était pas trop sûr de ses accusations, lui non plus. Est-ce que Sara s'est fait un film ? Quand je pense qu'elle voulait que j'aille voir les feux d'artifice avec elle…

Autre chose m'a étonné. Pourquoi Liviu autant que Sara ont-ils eu l'air de mieux respirer quand je leur ai confirmé avoir vu Océane dans la matinée ? Ça aurait dû les inquiéter, au contraire, de la savoir en liberté, rôdant dans les environs à la recherche de Sara.

Finalement, peut-être parce qu'il me trouvait l'air méfiant, Liviu a jugé bon de m'informer avant que je ne pose la question. Ils arrivaient du Vieux-Port lorsqu'ils m'ont vu et, a-t-il précisé, s'ils avaient l'air si sombres, c'est parce qu'ils venaient pratiquement d'assister au repêchage dans le bassin Peel du cadavre d'une jeune femme. Dont la description semblait correspondre à celle d'Océane. Ça les avait secoués.

Or, c'est un fait : elle ne pouvait pas se trouver à la fois au fond de l'eau dans le Vieux-Port et assise sur un banc à côté de moi à Saint-Henri. Cela dit, l'attitude de Liviu et Sara indiquait clairement qu'ils ne la considéraient pas – ou plus – comme la meurtrière du vieux.

Mais Océane, elle, que peut-elle croire? Et quelle serait son attitude si elle parvenait à retrouver Sara?

Nous nous sommes quittés sans avoir répondu à cette question. Sara et Liviu ont décidé de rentrer chez eux et moi, comme à mon habitude, je suis allé errer le long du canal.

De mauvais souvenirs me revenaient et j'avais plutôt envie d'être seul. Un cadavre dans le canal… Saloperie de canal… La figure de Georges, le frère de Liviu, est revenue me hanter. Lui aussi, c'est là qu'il avait fini sa vie. Avec un bout de ferraille accroché autour du cou…

L'image de Georges livide, boursouflé, cadavérique, ne me quittait pas. J'ai eu le canal en horreur, tout à coup, et je suis reparti en direction de Verdun, là où j'avais perdu Océane dans la matinée. Je suis allé jusqu'au fleuve et je me suis assis un long moment en contrebas de la piste cyclable qui le longe sur une bonne partie de l'île. Mais il y avait décidément trop de monde. Cyclistes, patineurs, enfants, chiens, et ceux qui les promènent…

Je me suis levé et je suis allé traîner du côté de Pointe-Saint-Charles, vers toute cette zone industrielle qui s'étend entre le fleuve, les autoroutes qui conduisent à la rive sud et le réseau du chemin de fer, avec ses gares de triage et ses entrepôts. Lieux sinistres, très certainement, désolés, mais au moins on est sûr d'y être seul.

J'ai laissé le temps s'écouler, très lentement, le cerveau brumeux et sale, déprimé par toutes ces histoires. Et puis, comme la nuit venait, le visage de Georges est revenu s'incruster dans mes pensées. L'angoisse m'a pris, torturante.

Ç'a été plus fort que moi, il fallait que j'y aille. Que je retourne près du canal. Que je pousse jusqu'au Vieux-Port, jusqu'au bassin Peel, et que je voie où cette fille, qui qu'elle ait pu être, avait terminé sa vie, poussée par qui, assassinée par qui? Qui sait, peut-être avait-elle exactement l'âge de Georges…

Après avoir rejoint la piste du canal, je suis passé près du vieil immeuble du CN où, d'après ce que j'ai compris du récit de Liviu, Sara a vu le vieil homme se faire poignarder. Puis je suis passé sous la passerelle du chemin de fer et j'ai longé le canal vers le bassin, mains dans les poches, l'humeur maussade.

L'eau, sur ma droite, était noire et lisse. Il n'y avait plus grand-monde. J'ai aperçu un attroupement là-bas, vers le pont sous lequel les itinérants s'installent pour l'été. Et, du côté du bassin, un grand type, jeune, qui se tenait tout près du bord, les yeux braqués vers l'eau. Sa silhouette me disait quelque chose…

Je me suis rapproché du talus et me suis immobilisé, me fondant dans l'ombre. Le jeune type, sur le quai, a hésité un moment, puis il s'est retourné et s'est dirigé d'un pas incertain vers le groupe de sans-abri. Les gars ont fait comme moi. Ils ont reculé. Avalés par les ténèbres… Les marginaux n'aiment pas les questionneurs…

Et puis il y a eu cette ombre qui s'est détachée de la nuit. Un homme. Pas un *bum*, non, pas l'allure. Il avait l'air de savoir où il allait, lui. Il s'est dirigé franchement vers le grand type frisé, qui a eu l'air de paniquer tout d'un coup. C'est là que je l'ai reconnu.

C'était le copain d'Océane, ce grand flanc mou dont les parents sont au moins milliardaires. Qu'est-ce qu'il faisait dans un endroit pareil? Qu'est-ce qu'il leur voulait aux itinérants du pont?

Je n'ai pas eu le temps d'y penser. L'homme, là-bas, s'est mis à courir vers lui et le copain d'Océane a détalé à son tour, à perdre haleine. J'ai vu son poursuivant sortir quelque chose de sa poche. La lame a brillé très brièvement sous la lumière des lampadaires de la voie ferrée.

Non, ce n'étaient pas mes affaires, je sais. Je ne savais pas ce qu'il voulait au grand frisé, l'homme au couteau, mais pas du bien. Alors, oui, je ne sais pas ce qui m'a pris. Sans réfléchir, je me suis avancé au milieu de la piste cyclable. J'ai abandonné toute prudence, oublié toute ma ligne de conduite habituelle.

Moi aussi j'ai un couteau dans ma poche. Un petit, que je n'utilise jamais. Mais qui me rassure, sans doute. Je l'ai sorti de ma poche, j'ai émis une espèce de cri que j'ai voulu menaçant, et je me suis lancé en avant.

11

LE RÉCIT D'OCÉANE

Je n'en reviens pas.

Ils sont là tous les deux, devant moi.
Rencontre improbable… Le jour et la nuit, le
chaud et le froid. La Belle et la Bête… Enfin,
quant à savoir lequel des deux pourrait
prétendre jouer le rôle de la Belle…

Ils sont arrivés assez tôt dans la matinée.
Je dormais encore. C'est la voix de Laura, ma
grand-mère, qui m'a réveillée. La sonnette
de l'entrée ne marche plus depuis longtemps,
ils ont dû gratter à la porte. Max, mon frère,
dormait comme un ours et il n'a rien entendu
non plus, je pense.

Laura ne voulait pas les laisser entrer.
Deux garçons dans la chambre de sa petite-
fille à une heure pareille un lundi matin,
vous pensez… Mais ils ont dû insister parce
qu'elle a haussé le ton, et c'est alors que je
l'ai entendue. Je me suis demandé qui était
là. Un simple marchand d'assurances, elle
l'aurait flanqué dehors en trois secondes…

Je me suis donc levée, j'ai enroulé mon
drap autour de moi et j'ai passé la tête dans

le salon. J'ai alors entrevu la tête d'Alex – sa tignasse bouclée, plus exactement – s'encadrant dans la porte au-dessus de celle de ma grand-mère.

En temps normal, j'aurais été énervée de me faire déranger au saut du lit, même par Alex. Mais là, j'étais intriguée. Pour ne pas dire inquiète. Après les événements de l'autre nuit... J'ai fait un petit signe à Alex, qui m'a enfin aperçue. Il avait l'air défait.

— Qu'est-ce que tu fais là? ai-je murmuré. Qu'est-ce qui se passe?

Laura s'est retournée vivement.

— Océane, voyons! a-t-elle grondé en essayant de ne pas trop faire de bruit, craignant sans doute de réveiller Max. Est-ce que c'est une tenue? File t'habiller!

J'ai disparu dans ma chambre et j'ai sauté en vitesse dans mes jeans, j'ai enfilé un t-shirt, puis je suis revenue dans l'autre pièce. C'est alors que ma stupéfaction a atteint son comble. Derrière Alex, en retrait, se tenait Jo, aussi à l'aise, m'a-t-il semblé, que la reine d'Angleterre dans un restaurant à poutine. Là, je me suis dit, il se passe quelque chose de grave.

Cependant, je ne tenais pas à ce que les deux garçons m'expliquent leur présence dans le minuscule appartement où Max risquait à tout moment de surgir. Mon frère m'énerve. Il se prend pour mon protecteur, et je trouve souvent sa « protection » un peu trop rapprochée…

J'ai embrassé Laura sur la joue et je lui ai dit que je sortais, puis j'ai entraîné le duo inattendu dans l'escalier extérieur.

— J'ai faim, ai-je déclaré une fois arrivée dans la rue.

— On peut aller au café Saint-Henri, a proposé Alex d'un ton morose.

Il n'a pas ajouté « Je vous invite », mais c'est ainsi que je l'ai compris. Et Jo aussi sans nul doute…

Dix minutes plus tard, nous voilà enfin attablés devant cafés et muffins. Les deux garçons sont assis en face de moi, à une table du fond. Jo me dévisage avec sa tête d'extra-terrestre et Alex semble être en proie à une agitation intense. Aucun des deux n'a voulu parler dans la rue, mais là, il faudra bien qu'ils déballent leur sac. Le seul fait qu'ils se trouvent ensemble me paraît déjà tout à fait extraordinaire.

— Alors ?

Après avoir regardé de tous les côtés avec inquiétude, Alex se penche vers moi et murmure :

— Je me suis fait attaquer.

Sa voix est si faible que, avec le vacarme de la machine à café, je dois le faire répéter.

— Je me suis fait attaquer…

Jo, sans un mot, hoche vigoureusement la tête. J'ouvre de grands yeux.

— Par qui?

Les garçons se regardent, puis Alex répond:

— Je ne sais pas. Un type avec une sale gueule.

Alors, tant bien que mal tellement il me semble secoué par ce qui lui est arrivé, Alex se met à me raconter sa journée de la veille.

Tandis que j'avais pris Jo en chasse – et il faut dire que, comme gibier, il est rusé et retors! –, Alex a passé un dimanche exécrable à se ronger les sangs pour moi. Puis il a appris qu'on avait repêché une jeune femme dans le bassin Peel, près du bâtiment du CN où j'ai assisté au meurtre du vieil itinérant, et il s'est mis en tête qu'il s'agissait de moi. Moi que l'assassin – cette fille que Jo appelle Sara ou qui que ce soit d'autre – avait retrouvée et défigurée avant de jeter mon corps dans l'eau.

Affolé, mort d'angoisse, accablé par un insupportable sentiment de culpabilité, il est finalement allé lui-même au bord du bassin. Et c'est là que l'inconnu l'a attaqué. Poursuivi, plus exactement. Car, alors qu'Alex s'enfuyait, il est tombé sur Jo qui s'en venait en sens inverse.

— Il m'a sauvé la vie, conclut Alex. Sans lui, l'autre m'aurait certainement rattrapé et, à l'heure qu'il est, je me trouverais moi aussi avec les poissons du port.

Jo en sauveur providentiel ? Je le regarde à la dérobée. L'heure n'est ni au scepticisme ni à la moquerie, mais j'avoue que je le vois mal dans le rôle.

— En fait, précise alors Jo d'une voix mal assurée, je crois que l'homme s'est enfui parce qu'il n'avait aucune idée de qui j'étais. J'ai… j'ai bluffé. En sortant moi-même mon couteau de ma poche, je me rendais compte que je faisais une bêtise. C'était idiot. Si le type avait continué, je crois qu'il nous tuait tous les deux.

J'ai du mal à imaginer la scène. Alex est incapable de se battre et d'effrayer qui que ce soit ; il ne ferait pas peur à un lapin en peluche, et Jo lui-même admet que l'assaillant aurait facilement eu raison des deux garçons s'il l'avait voulu. J'en déduis qu'un personnage supplémentaire a dû intervenir, d'une manière ou d'une autre. Mais qui ?

— À vrai dire, je n'ai vu personne d'autre, bredouille Alex. Je ne me suis pas retourné.

J'ai foncé droit devant moi. J'étais mort de peur. Quand j'ai aperçu Jo, j'ai cru que ma dernière heure était arrivée. J'ai pensé que Jo était le complice de l'autre. Je ne comprends pas ce qui s'est vraiment passé.

— Moi non plus, avoue Jo à son tour. Je n'ai pas bien compris parce que, à ce moment-là, je ne voyais plus distinctement l'homme en arrière d'Alex. Tout ce que je savais, c'est que...

Jo tripote nerveusement l'anse de sa tasse. Alex se gratte la joue. Ils m'exaspèrent à force d'indécision.

— C'est que quoi?

J'ai l'impression de devoir lui arracher les mots de la bouche avec mes ongles...

— C'est que, entre ce type et Alex, le salaud était clairement cet agresseur. Tout ça me paraissait très embrouillé. Après qu'il a disparu, on s'est expliqués un bon moment, Alex et moi. Je savais qui il était. Je voulais comprendre. Je lui ai dit ce que je savais et lui, il m'a raconté votre version des faits. Au bout du compte, eh bien... l'histoire de Sara ne tenait pas, voilà. Ça ne pouvait pas être toi la...

Sara. Nous y voilà. Vais-je enfin savoir? Savoir quel est le lien entre cette fille et la vague de sauvagerie des deux dernières nuits?

De nouveau, Jo et Alex jettent autour d'eux des regards méfiants, comme si les clients du café étaient des espions déguisés. Belles têtes d'espions! Des bobos, des granolas, des étudiants, les yeux vissés sur l'écran de leur Mac et qui se préoccupent de nous comme de leur première barre tendre.

— C'est qui, cette Sara?

Je pose la question abruptement, pour les réveiller un peu. Et je me rends compte aussitôt que, par le fait même, j'avoue que je ne la connais pas et que ma petite mise en scène d'hier n'était qu'un leurre. Mais Jo en a-t-il été dupe, en fait? Je n'en suis pas sûre. En tout cas, il ne revient pas sur le sujet.

— Sara, c'est une amie, se résout-il à dire avec une sorte de gêne. Euh… oui, une amie. Enfin, je la connais. Oui, c'est ça… Elle t'a déjà vue dans le quartier. Et elle t'a reconnue l'autre soir, près du canal, à côté du vieux bâtiment du CN. Le problème, c'est que…

De nouveau, Jo s'arrête. Alex, lui, attentif, soucieux, nous regarde alternativement, comme s'il ne savait plus où il en était. J'ai envie de hurler, de lui crier de le cracher une bonne fois pour toutes, son récit. Il doit sentir mon énervement parce qu'il s'y met enfin, d'une voix si basse que je dois me pencher par-dessus la table pour l'entendre.

— Ce n'est pas facile à expliquer, commence-t-il. C'est comme si vous aviez vu la même chose, mais c'est le contraire...

Je vois. Ça s'annonce mal. Heureusement, conscient que Jo n'y arrivera pas, Alex prend le relais :

— D'après ce que j'ai compris, vous avez chacune, Sara et toi, été témoins de la même scène de crime. Vous avez vu le même homme, un vieux sans-abri, s'effondrer sur le sol avec un couteau dans le ventre. Le problème, c'est que chacune d'entre vous a cru que c'était l'autre qui avait donné le coup de couteau.

— Tu veux dire que Sara me prend pour la meurtrière ?

— C'est ça, oui. Vous vous prenez mutuellement pour la meurtrière. Et vous craignez l'autre à cause des éventuelles représailles qu'elle pourrait exercer sur vous. Une sorte de jeu de miroir. C'est... c'est assez fou comme situation, je le reconnais.

Je suis un peu abasourdie par ce que je viens d'apprendre. Pourtant, ce n'est pas si étonnant que ça. Le soir même du crime, en descendant la rue Notre-Dame, Alex m'avait déjà exprimé ses doutes.

Cependant, si la raison me dit que Sara est sans doute aussi innocente que moi, il me reste un fond de suspicion. Qu'est-ce qui me prouve que Jo ne ment pas ? Qu'il a raconté n'importe quoi à Alex ? Ou que, à lui-même, Sara a raconté des craques pour mieux endormir ma méfiance ? Car enfin, j'ai vu ce que j'ai vu, non ?

Oui, je sais. Il y a cet homme qui a attaqué Alex. Ou qui a tenté de le faire. Ça, il ne l'a pas inventé, même si le déroulement de la scène n'est pas très clair pour moi. Un tueur qui recule subitement parce que Jo se précipite sur lui avec son allure de lutin halluciné ? Pas très professionnel, le bonhomme. Surtout si c'est le même qui est censé avoir tué l'itinérant et balancé la jeune femme inconnue dans le bassin. Pas un pissou, manifestement.

Mais, si tout cela est vrai, comment les choses ont-elles pu se passer ce soir-là ? Il est exact que je n'ai pas *vu* Sara porter le coup fatal. Je l'ai vaguement entrevue alors qu'elle venait de frapper le vieux au visage et, lorsqu'il s'est éloigné d'elle pour venir vers moi, il tenait avec ses mains son manteau refermé sur son ventre.

Si j'en crois Alex, ça signifie que le vieux avait *déjà* la lame enfoncée dans l'abdomen au moment où il se trouvait près de Sara.

Je me pose la question : combien de temps un homme, de cet âge de surcroît, peut-il marcher avec un couteau dans le corps ? Et où était-il passé, l'assassin, pendant ce temps-là ? J'ai quand même du mal à avaler ça.

12

LE RÉCIT DE LIVIU

Je suis passé voir Alain au bureau, vers midi, afin d'établir mon plan de travail de la semaine. J'en ai profité pour lui demander s'il avait eu des nouvelles de l'enquête sur la mort de Roman.

— Rien de nouveau, m'a-t-il dit d'un ton triste. Aucun indice, on n'a rien trouvé dans ses poches, semble-t-il. Je commence à me demander si tu n'as pas raison. L'enquête s'enlisera lentement jusqu'à ce qu'elle soit abandonnée et oubliée. Pauvre vieux, il a dû souffrir comme un chien.

— Ce n'est jamais drôle de mourir tout seul.

— Ce n'est pas ce que je veux dire, Liviu. Pas seulement. J'ai rappelé la morgue ce matin pour savoir si l'autopsie avait révélé quelque chose. L'assistant du légiste m'a dit que non. En revanche, il m'a précisé que l'agonie de Roman avait dû être longue. La blessure était large et profonde, mais l'arme n'a pas frappé d'organe vital. Roman n'est pas mort sur le coup. Il est simplement mort au bout de son sang. Lentement. Et les minutes doivent être longues quand on agonise.

J'ai réprimé une grimace de dégoût. Mais, en même temps, j'ai compris comment il avait pu tenir le coup assez longtemps pour approcher les deux filles. Il savait que, s'il retirait la lame de son abdomen, il se viderait de son sang en quelques minutes. Dire qu'on aurait peut-être pu le sauver…

Malheureusement, Sara a cru – et on ne peut pas lui en vouloir – que Roman voulait la peloter et elle l'a repoussé en le frappant. Roman tentait-il tout simplement de lui demander de l'aide? Sara m'a dit qu'il lui avait murmuré quelque chose ou que, du moins, il avait tenté de le faire. Mais allez donc parler avec une lame dans le ventre!

Il y a quand même une chose qui m'étonne. Roman n'était peut-être pas aussi vieux qu'il en avait l'air – l'itinérance ne rajeunit pas les visages – mais il était quand même faible, voûté, abîmé. Une épave, comme tous ces gens restés trop longtemps dans la rue. Comment a-t-il pu échapper à son agresseur après avoir été poignardé? Pourquoi celui-ci a-t-il brusquement disparu?

Quant à la jeune femme découverte dans le bassin Peel, peu d'informations ont été divulguées dans la presse à son sujet. Pour autant que je sache, elle n'a pas encore été identifiée. Une fille de la rue, elle aussi ? Je me demande si les deux affaires sont liées ou s'il ne s'agit que d'une coïncidence.

En quittant le bureau, je suis perplexe. Pourtant, ma décision est vite prise. En cette saison, mon travail est moins prenant qu'en hiver, Alain ne m'en voudra pas si je vais rôder vers le bassin Peel…

Lorsque j'arrive au pont du bout de la rue Peel, il n'y a pas grand-monde. La plupart des sans-abri qui vivent là pendant toute la belle saison sont partis quêter. Je n'ai pas particulièrement envie de tomber sur Réal, il est peu bavard et, même s'il sait quelque chose, je sens qu'il ne me dira rien. C'est un homme blessé et aigri. Contrairement à certains, la rue, lui, l'a rendu complètement égoïste.

Par chance, j'aperçois Robert. C'est lui qui a découvert le corps de la jeune femme défigurée dans le bassin. Robert est le doyen des itinérants du quartier. Plus âgé même que Roman. Pour cette raison peut-être, je les voyais parfois ensemble.

Il est assis à l'écart du « campement ». Je sais qu'il a peu de rapports avec les autres. L'âge est un puissant facteur d'isolement.

Cependant, même s'il se confie peu en général, il me fait toujours bon accueil et j'ai parfois eu l'occasion de discuter avec lui lorsqu'il était d'humeur moins renfermée. Sans un mot, lentement, je m'approche et m'assois près de lui.

Robert détourne à peine la tête. Il a l'air accablé. Je n'ose pas parler le premier, de crainte de le braquer. Robert est ce genre d'homme pour qui le silence est une vertu. J'essaie de paraître vertueux... Les minutes passent ainsi, j'ai l'impression qu'il me teste. Puis, brusquement, sans même me regarder, il murmure :

— Alors Liviu, toi aussi tu as des questions à me poser, n'est-ce pas ?

Je ne décèle ni amertume ni agressivité dans son ton. Une grande lassitude, plutôt. Je hoche la tête sans répondre. Ne pas le brusquer, ne pas brusquer les choses. Entrer dans son jeu. Après un silence, il reprend de lui-même :

— Les chiens sales sont venus hier. Pour la fille. Évidemment, c'est moi qui l'ai vue le premier. Je ne les ai pas appelés, pour sûr. Avec quoi ? C'était trop tard, de toute façon. Mais j'ai interpellé un passant et c'est lui qui a fait le 9-1-1. Tu penses bien qu'ils m'ont vite retrouvé. J'ai vingt ans de plus que le plus vieux des autres. Mais je n'ai rien dit. Je n'ai rien vu. Je ne sais rien.

Robert sait très bien, en revanche, que ce n'est pas pour lui parler de cette inconnue que je suis venu le voir. Je décide d'attaquer sur le mode ironique.

— Tu veux me faire croire que les flics ne sont pas venus te voir plus tôt dans la journée, Robert ? Tu me prends pour un con. C'est pas sympa.

Le vieux ricane.

— Te frappe pas, Liviu, glousse-t-il. Bien sûr qu'ils sont venus. Quand ils ont ramassé le corps de Roman, ils ont tout de suite rappliqué par ici. Moi, je ne cours plus assez vite pour disparaître quand ils pointent leur nez sale. Alors oui, ils me sont tombés dessus et ils m'ont sorti leur panoplie de questions idiotes. "Tu le connaissais ? Il avait des ennemis ? Il était armé ?" J'ai rien dit, tu t'en doutes. À quoi bon, à présent ?

Je sais ce que pense Robert. Ce n'est pas après leur mort qu'il faut s'intéresser aux sans-abri et ça ne sert à rien de remuer la vase. Rien ne ressuscitera Roman. Pourtant, sa disparition a certainement eu un impact sur lui. Ils étaient deux vétérans, en quelque sorte. S'ils n'étaient peut-être pas à proprement parler des amis, au moins ils s'appréciaient et se respectaient.

— C'est dommage que Roman ait terminé sa vie ainsi, dis-je enfin. Il a été saigné comme un porc. Pas une simple histoire de bagarre. Quelqu'un lui voulait vraiment du mal. Je ne crois pas que ça ait été une erreur. Je ne comprends pas ce qui a pu se passer.

— Moi non plus, admet Robert avec une grimace de dégoût. Les bœufs recherchent l'arme du crime. Ils ont tout fouillé par ici hier matin. Réal était en maudit! Non mais qu'est-ce qu'ils s'imaginent? Que c'est l'un d'entre nous qui a saigné le vieux Roman?

Je n'ose faire remarquer que, parfois, les sans-abri sont capables de se montrer d'une grande violence entre eux. Cependant, je suis d'accord avec lui. Le coup ne vient pas de ses frères de misère. Trop sanglant, trop précis.

— Le gars qui l'a tué devait quand même être coriace, poursuit Robert. Roman était capable de se défendre.

Je suis surpris. Roman était tout sauf belliqueux, il me semble. Robert doit percevoir mon étonnement car il ajoute, avec un sourire en coin:

— Tu sais, Liviu, Roman n'était pas seulement "le philosophe". Ce n'était pas juste un gars qui a lu des livres. Il a fait de la boxe, autrefois. Un rude cogneur. Il avait conservé un punch puissant, malgré son âge. Il ne cherchait d'ennuis à personne et il était d'une patience exemplaire, mais on savait bien, nous autres, qu'il ne fallait pas l'énerver au-delà d'un certain point. Je l'ai vu une fois mettre K.-O. un petit voyou qui serrait de trop près une jeune fille. Il n'a rien vu venir, le morveux. Il est resté sur le carreau au premier direct.

Robert rit d'un petit rire silencieux à ce souvenir, comme si la scène qu'il évoque faisait revivre pour un instant l'ami disparu.

Pour ma part, ce détail de la vie de Roman que j'ignorais m'éclaire un peu sur ce qui a pu se passer le soir du meurtre, et qui me paraissait étrange jusque-là. Le tueur, quel qu'il soit et quelles qu'aient été les raisons de son crime, a largement sous-estimé Roman. Sans doute a-t-il pensé venir facilement à bout de celui qu'il prenait pour un vieillard sans défense, mais sa victime ne l'entendait pas de cette oreille.

Le premier coup de couteau a atteint Roman au ventre, mais l'ancien boxeur en lui s'est réveillé et il a réagi avec vigueur. La scène a dû se passer près du mur arrière du bâtiment du CN. Roman a frappé son agresseur. Fort. Très fort. Et si ce n'est pas ce coup qui a sonné le meurtrier, c'est le choc de sa tête contre le mur qui a eu raison de lui.

La tache de sang que j'ai remarquée hier ne peut pas s'expliquer autrement. Roman n'était pas assez grand pour que ce soit le sien. L'herbe était piétinée, aplatie, je m'en souviens bien. Le gars a dû s'écrouler sur le sol et Roman en a profité pour tenter de s'enfuir vers le canal, espérant sans doute y trouver de l'aide.

Il n'a trouvé que Sara, hélas, qui l'a pris pour un vieux cochon et l'a boxé à son tour. Roman était déjà trop affaibli par le sang qu'il avait perdu, même s'il s'efforçait de réduire l'hémorragie en maintenant la lame en place. Il est reparti en titubant mais, cette fois, il était à bout de force. C'était fini. Il s'est effondré devant cette fille, Océane, que Jo connaît et que Sara a prise pour la meurtrière.

J'essaie de visualiser la scène. Oui, tout se tient. Il ne peut pas en être autrement. Roman est mort et l'assassin, ensuite, a repris connaissance et il est allé récupérer son couteau. Et, bien sûr, on ne le retrouvera jamais. La police n'a rien découvert dans les poches de Roman, d'après ce que m'a dit Alain. Rien qui puisse mettre sur la piste du tueur.

— En tout cas, ce n'est pas un de nos gars qui l'a tué, ça c'est sûr. Pas quelqu'un de la rue. Pas quelqu'un qui le connaissait.

Cette réflexion de Robert me ramène au présent.

— Mais pour quelle raison l'aurait-on tué, alors? Pour le dépouiller? Un fripier n'aurait pas tiré trois dollars de ce qu'il portait sur lui.

Robert secoue la tête sans répondre. Comme s'il niait ce que je viens d'affirmer. J'ai l'impression qu'il est sur le point de m'avouer quelque chose mais qu'il hésite encore. Comme si, en révélant à un étranger un détail concernant Roman, il allait le trahir.

Il sait bien pourtant que je n'ai aucun lien avec la police. Pas davantage qu'avec une quelconque mafia, ajouterais-je. Même si la méfiance des itinérants est instinctive, ils savent bien que les travailleurs de rue ne sont pas là pour tirer quelque avantage que ce soit de leur situation. Quel genre d'avantage, d'ailleurs? La rue n'est pas un ascenseur social.

Et puis, comme le vacarme d'un train passant sur le pont, au-dessus de nos têtes, résonne et couvre le bruissement des rues environnantes, Robert laisse tomber, d'une voix que j'ai du mal à saisir:

— C'est la curiosité qui l'a tué. Voilà ce que je dis.

A-t-il attendu volontairement que le grondement d'un train rende presque impossible de distinguer ses paroles? Voulait-il s'assurer que personne d'autre que moi ne puisse l'entendre?

C'est possible. Je dois en profiter. Au bruit, je dirais qu'il s'agit d'un convoi de marchandises. Il y en a bien pour dix minutes. Je me penche de façon à ce que ma bouche soit tout contre son oreille.

— La curiosité peut jouer de mauvais tours, c'est certain, mais elle n'est généralement pas mortelle.

— Sauf si ce qu'on a vu, on ne devait pas le voir.

Robert a prononcé cette phrase d'une voix sourde, sérieuse, plus du tout dans le ton mordant ou ironique de ses déclarations précédentes. Il ne s'agit plus cette fois d'une affirmation plus ou moins vague.

— Qu'est-ce que tu veux dire?

Robert hésite encore, tandis que le tumulte du train retentit toujours au-dessus de nous, puis, après avoir jeté un regard circulaire autour de lui, il se lance enfin.

— Roman avait une passion depuis quelques semaines. Une manie, disons. Il photographiait les gens.

Je suis stupéfait. D'où tenait-il un appareil photo, lui qui ne possédait rien ? Jamais je ne l'avais vu sortir ou mettre dans ses poches quelque objet que ce soit. Son seul trésor était une vieille cuillère en inox à propos de laquelle il m'avait déclaré une fois : « On ne sait jamais, si un pot de caviar se présentait, je veux être prêt. »

— Je n'imaginais vraiment pas Roman faisant de la photographie, dis-je. Encore un de ses talents cachés ?

— Il ne faisait pas de la photographie, si jamais tu entends par là qu'il pratiquait un art avec du matériel adéquat. Il se contentait de prendre des photos des gens, à leur insu. Il n'en faisait rien. Il n'avait d'ailleurs pas les moyens de les imprimer. Ça l'amusait, c'est tout.

— Mais avec quel appareil ? Comment se l'était-il procuré ?

— Pas vraiment un appareil photo, répond Robert. Un vieux téléphone portable qu'il avait trouvé au printemps sur le bord de la piste cyclable. Un modèle ancien, je crois, mais qui pouvait prendre des photos. Il n'avait pas de code de verrouillage. Téléphoner n'intéressait pas Roman, évidemment. Qui aurait-il appelé ? Mais il avait trouvé comment activer la fonction photo. C'était devenu une toquade. Sauf que personne ici ne le savait. Il ne prenait des photos que le soir, quand il était seul dans les rues. Moi je l'ai vu, une fois, et il m'a montré son appareil.

— Tu te souviens de la marque ?

— Tu rigoles, Liviu. Qu'est-ce que j'y connais ? Un petit machin noir qui tenait dans la paume de la main. Il le glissait dans sa poche, il le sortait quand il voyait quelque chose qui l'intéressait, et hop, ni vu ni connu.

Je commence à entrevoir cette affaire sous un jour nouveau.

— Mais qu'est-ce qu'il avait vu, à ton avis, ou photographié, et qu'il n'aurait pas dû voir ?

— Pas la moindre idée, mon petit. Pas la moindre.

Le train s'éloigne. On entend de nouveau la rumeur lointaine de la rue. Robert baisse la tête et commence à s'agiter. Anxieux, on dirait. Regrette-t-il déjà d'en avoir trop dit ? Ne sait-il vraiment rien de plus ? Je crois que je n'arriverai plus à le faire sortir de son silence.

Cet appareil, en tout cas, je me demande ce qu'il est devenu.

13

LE RÉCIT D'ALEX

Finalement, nous avons eu une longue explication au café Saint-Henri, Océane, Jo et moi. Enfin, explication, c'est vite dit. Parce que nous ne sommes guère plus avancés qu'hier.

Nous avons pratiquement sorti Océane du lit ce matin, avec Jo, et nous sommes allés déjeuner au café Saint-Henri.

La veille au soir, Jo m'avait sauvé des griffes de mon mystérieux agresseur. Il m'avait reconnu, m'a-t-il dit, mais n'avait pas trop compris ce qui se passait. J'avais deviné qu'il s'agissait de ce garçon dont Océane m'avait parlé et qu'elle voulait retrouver parce qu'il connaissait la fille entrevue au moment du meurtre du vieux sans-abri.

Finalement, Jo m'avait aperçu par hasard près du bassin Peel, et il m'avait tiré d'un sacré mauvais pas. Mais j'étais tellement affolé par ce que je venais de vivre que je ne comprenais plus très bien ce qui était arrivé.

Lorsque Jo était arrivé à mon niveau, l'homme au couteau avait déjà disparu, mais il m'avait semblé qu'une certaine agitation régnait à proximité du pont. Des complices ? Ni Jo ni moi n'avions envie de nous éterniser dans le coin. Sans même nous consulter, nous sommes repartis ensemble, au pas de course, vers Saint-Henri. Sans nous retourner…

Ce qui persiste à m'étonner, après coup, c'est que mon poursuivant ait pu avoir peur de Jo. Il a dû se passer autre chose, dont je n'ai pas eu conscience. Quelqu'un d'autre est survenu dans le décor alors que je m'enfuyais ? Mais qui ? Pourquoi ?

Et que signifiait cette attaque, dans le fond ? Sans doute que la version des amis de Jo, Sara et Liviu, était la bonne. Le vieillard a été poignardé avant de se retrouver entre Océane et Sara. Comment il a réussi à se débarrasser provisoirement de son agresseur, je l'ignore, mais une chose me paraît claire à présent : l'assassin est revenu et il nous a vus, Océane et moi.

Oui, il nous a vus quitter les lieux et il pense que nous l'avons vu lui aussi. Et que nous pourrions le reconnaître. D'où sa tentative hier de me supprimer. Ce qui me gêne, cependant, c'est que ni moi ni Océane – elle me l'a certifié à maintes reprises – n'avons vu qui que ce soit près du bâtiment du CN le soir du meurtre. Pas la moindre silhouette, pas le moindre mouvement.

Or, si l'assassin était embusqué quelque part, attendant de voir si sa victime était bien morte, peut-être, qu'est-ce qui a pu lui mettre dans la tête l'idée que nous pourrions être en mesure de l'identifier ? Que nous étions une menace pour lui ?

Hier, c'était la première fois que je voyais son visage. Nos regards se sont croisés. Il ne peut plus avoir de doutes aujourd'hui.

Je crois deviner aussi pourquoi cette jeune femme inconnue s'est retrouvée dans les eaux du port. J'ignore qui elle peut être, mais elle n'est pour rien dans l'affaire, j'en mettrais ma main au feu. Son seul tort dans la vie aura été de trop ressembler à Océane et de se trouver au mauvais endroit au mauvais moment. Dorénavant, nous devrons vivre avec une dette atroce envers cette pauvre fille…

En tout cas, l'assassin court toujours. Quant à savoir qui il est… L'homme, en tout cas, n'avait pas l'allure d'un voyou de rue. Trop bien habillé.

Nous quittons le café, dont l'ambiance commence à nous peser, et nous prenons la rue Bourget, qui est déserte, en direction du canal. Tout en marchant, j'esquisse un portrait approximatif du tueur à l'intention d'Océane. Mais ma description n'évoque manifestement rien pour elle. Puis, tout à coup, elle s'écrie :

— La voiture !

— Quelle voiture ?

— La Porsche. Celle qui était garée dans la rue Young. Tu te rappelles, quand nous sommes repartis vers la rue Notre-Dame ? Ça nous avait étonnés de voir un bolide pareil dans une rue aussi miteuse.

La Porsche, oui, ça me revient, à présent. Une 911 turbo S. Ça m'avait frappé, c'est vrai. Que pouvait faire le propriétaire d'un tel engin, qui coûte plus de 200 000 dollars, dans un quartier aussi déshérité ? Les immeubles alentour suintent la misère. C'était d'ailleurs la seule voiture dans toute la rue.

— Le tueur ?

Les yeux d'Océane pétillent. Puis elle secoue la tête.

— Non, ça ne tient pas debout, reprend-elle. Regarde ça : une voiture de millionnaire, un type habillé comme pour aller à un cocktail, et, en face, un *bum* qui n'avait peut-être pas mis les pieds dans des chaussures neuves depuis vingt ans… Qu'est-ce qu'ils fichaient ensemble? Il y en a un des deux qui n'était pas à sa place. Ça ne cadre pas.

— Ils ne faisaient peut-être rien ensemble, intervient alors Jo, qui nous suit sans avoir ouvert la bouche depuis que nous sommes sortis du café. Ça n'empêche pas…

— Qu'est-ce que tu veux dire? lui demande Océane.

— Dans une affaire de meurtre, le tueur et sa victime ne sont pas forcément à mettre sur le même plan. Il se peut qu'il y ait eu une erreur.

— Tu crois que le meurtrier s'est trompé de cible? Ou qu'il a pris le vieux pour un autre?

— Pas nécessairement, répond Jo. Mais il n'y en a peut-être pas qu'un des deux qui n'était pas à sa place. Le millionnaire, là, il fait tache dans le quartier, c'est sûr. Mais le vieux, qu'est-ce qu'il fichait là au lieu de se trouver sous le pont avec les autres? Vous avez dit que la rue était déserte. Il ne quêtait donc pas, je suppose.

Jo m'étonne. Malgré son air à n'avoir pas inventé l'eau tiède, il raisonne remarquable-ment bien. Pourquoi n'ai-je pas pensé à ça moi-même? Moi qui me prends pour un intellectuel… Sans doute que la pensée est une chose et le sens de la réalité, une autre…

D'après le portrait que m'en a brossé Océane, Jo est un traînard. Il passe sa vie dans la rue. Il doit savoir ce qui se fait, ce qui ne se fait pas. En tout cas, il a raison : si la présence d'une Porsche de ce modèle dans la rue Young est une incongruité, celle du vieil itinérant loin de son point de chute à minuit passé en est une autre.

Que faisaient-ils là l'un *et* l'autre ?

Une chose est certaine, l'homme qui a essayé de me tuer rôde toujours. J'ai intérêt à ne plus traîner le soir dans les rues. Et même le jour. Vais-je devoir rester cloîtré chez moi ? Et jusqu'à quand ?

14

LE RÉCIT DE SARA

Liviu est rentré tout excité. Enfin, soucieux, plutôt.

Ce matin, avant de partir, il m'avait
recommandé de ne pas sortir.

— Tu as peur que je me fasse violer? je
lui ai demandé.

— Je ne rigole pas, Sara, il a dit d'un ton
sérieux. Je ne comprends pas ce qui se passe
en ce moment, mais les rues peuvent être
dangereuses pour toi. En tout cas, ne va pas
traîner vers Griffintown et le Vieux-Port.

— Bien, chef.

Il a haussé les épaules, m'a embrassée, et
il est parti. J'ai préparé du café et je me suis
demandé ce que j'allais faire de ma journée.

Hier, après avoir rencontré Jo près de
l'écluse Saint-Gabriel, Liviu et moi avons longuement discuté. Je ne crois plus qu'Océane
ait tué le vieux, c'est entendu. Je veux bien
admettre que le bonhomme a été poignardé
avant de se retrouver entre nous deux, je
veux bien qu'Océane et moi nous soyons

mutuellement prises pour une meurtrière. Oui, oui, d'accord avec tout ça.

Mais qu'est-ce qu'on fait maintenant? Qu'est-ce que JE fais? Dois-je me cacher dans l'appartement toute la maudite journée parce que l'assassin de Roman me cherche peut-être pour me faire la peau?

Je sais, il y a cette fille repêchée dans le bassin Peel. Ce n'était pas Océane. Qui, alors? Est-ce que les deux affaires sont liées? Peut-être... Liviu n'a pas tort, il y a certainement du danger à rôder dans ce coin-là.

Pourtant, je mettrais ma main au feu que c'est par là que Liviu va travailler aujourd'hui. C'est sa zone, oui, mais il va retourner sous le pont de la rue de la Commune et fureter, interroger, enquêter. Pas qu'il se sente l'âme d'un justicier, non, mais il se sent concerné par cette histoire. Roman était «son» itinérant.

Il m'en a souvent parlé. Il sait que j'aime lire, et Roman était apparemment un grand lecteur. Anarchiste, réfractaire. Curieux aussi, sans doute. Trop curieux... Sur quoi, sur *qui* a-t-il pu tomber dans la nuit de samedi à dimanche? Sur l'assassin et le tortionnaire de la fille noyée? Ça aurait du sens, oui...

Bon, pour ne pas rester enfermée entre les quatre murs de notre deux et demie, je suis allée à la bibliothèque du quartier, qui est assez spacieuse, rue Notre-Dame. La bibliothécaire discute parfois avec moi. Elle m'aime bien. Je lui ai déjà fait acheter plein de livres, que je dévore ensuite. Souvent sur les conseils de Liviu, d'ailleurs.

— Hmmm, révolutionnaire, mademoiselle! m'a-t-elle dit une fois, avec un sourire en coin, à propos d'un titre qu'elle m'avait mis de côté – une biographie de l'anarchiste Jacob.

Révolutionnaire, je ne sais pas. Je ne crois pas. Je ne veux pas changer le monde. Il est trop gros, trop lourd. Mais j'aime savoir. J'aime comprendre. Et j'aime la liberté. La mienne surtout. Il avait dit une belle chose, ce Jacob: «Le droit de vivre ne se mendie pas, il se prend.» Il avait lancé ça à la face du président du tribunal qui l'envoyait au bagne! Il avait du cran...

Finalement, je suis revenue à l'appartement en fin d'après-midi, sans même être allée flâner le long du canal. Sage...

Liviu est rentré un moment plus tard. D'habitude, il s'affale dès son arrivée sur le vieux canapé, feuillette des papiers ou des bouquins, et ce n'est que plus tard qu'il redevient sociable. Il a besoin de ce moment de solitude et je le respecte. Je le comprends, je suis comme ça moi aussi.

Mais là, à peine la porte refermée derrière lui, il a lancé :

— Il y a du nouveau !

— De quoi tu parles ?

— L'assassin. Il s'est manifesté de nouveau.

J'ai ouvert de grands yeux.

— Tu l'as vu ?

— Non, mais les gars du pont, oui. Enfin, c'est ce que je pense.

— Tu penses ou tu sais ?

Liviu a souri. Il est un des rares que mes remarques sarcastiques n'offusquent pas. Il en redemande, même.

— Tu sais comment ils sont, ces gars-là, a-t-il repris. Ils en disent le moins possible. J'ai eu une longue journée là-bas. Discuté un bon moment avec Robert, tu sais, le vieux qui a découvert le cadavre de la jeune femme dans le canal. Un ami de Roman. Il m'a appris des choses intéressantes, je te raconterai. Mais c'est Réal qui m'a inquiété le plus.

— Réal, c'est le mal embouché ?

— Oui, tu l'as vu hier avec moi. C'est un type secret, frustré, mauvais. Assez tordu. Je ne l'aime guère, mais il a parfois un certain ascendant sur les autres. Il est costaud et c'est une tête brûlée.

— Tu penses que c'est lui qui…

— Qui a tué Roman ? Non, je ne crois pas. Il n'avait aucun intérêt à le faire. Il se méfie de moi, comme il se méfie de tout ce qui, d'après lui, peut le menacer. Mais il sait baisser sa garde quand sa sécurité est menacée par un danger plus grand. Et le plus grand danger, pour lui, vient de la police.

— Il ne te prend pas pour un flic, tout de même !

Liviu en chien de garde du pouvoir, non, quelle farce !… Liviu sourit de nouveau.

— Je ne crois pas, non, répond-il. Mais il est dans une situation délicate. Il doit vivre de menus trafics illicites – pas grand-chose, bien sûr, il n'a rien d'un gangster de grande envergure –, et de voir des policiers rôder dans son secteur, ça le rend nerveux. L'assassinat de Roman, suivi de celui de la jeune fille, a beaucoup trop attiré leur attention à son goût. Tu as vu comment il a réagi hier à cette découverte.

— Oui, je l'ai trouvé assez ignoble. Aucune compassion. Un fieffé égoïste.

— Exact, ce qui s'est passé ne l'a pas ému outre mesure. Il n'aimait pas Roman. Il s'en fiche qu'on retrouve ou non son assassin. Quant à la fille noyée, il l'a simplement traitée de *bitch*. Le problème de Réal, c'est que chaque meurtre commis dans ce qu'il considère comme *sa* zone y accroît la surveillance policière. Il se sent donc tenu d'y faire régner un certain ordre. Son ordre, disons.

— Et?

— Eh bien hier soir, il semblerait que le tueur ait fait sa réapparition. Enfin... Tout d'abord, c'est un garçon assez jeune qu'il a repéré en train de rôder près du bassin. Grand, frisé, tête d'étudiant. Quand le jeune s'est dirigé vers le pont où les itinérants étaient rassemblés pour la nuit, il a ordonné aux autres de se taire et de se tenir en retrait. Il voulait simplement décourager ce curieux qui ne lui paraissait pas trop menaçant. C'est quand l'autre a surgi que Réal a paniqué.

— L'autre?

— Un individu qu'il n'avait jamais vu, selon ce qu'il m'a dit. Une sale gueule. Pas un voyou dans son genre, il a précisé. Il sentait l'argent sale, mais en grande quantité. Profil de mafieux. Dangereux, très dangereux. C'est quand il a sorti un couteau de sa poche et qu'il s'est dirigé carrément vers le jeune chevelu que Réal a compris qu'il allait encore se retrouver avec un cadavre dans le coin. Et que les flics n'allaient plus le lâcher. Il a donc pris un de ses copains avec lui, un gros, et ils se sont précipités pour lui couper la route. Cela dit, le gars non plus n'avait sans doute pas envie qu'on le remarque ou qu'on le voie de trop près parce qu'il a rapidement fait machine arrière et il a filé sans demander son reste.

Je demeure un instant songeuse. Qu'est-ce qui prouve que cet incident est lié aux deux meurtres? Bien sûr, ce grand garçon «chevelu», ça correspond plus ou moins au copain d'Océane, tel que nous l'a décrit Jo près de l'écluse. Il y aurait alors de fortes chances pour que l'homme qui a tenté de le tuer soit aussi le meurtrier de Roman, désireux de supprimer un témoin.

Mais là, j'avoue que tout ça me dépasse. Qu'est-ce que j'ai à voir là-dedans, moi? Liviu veut-il me dire que moi aussi j'ai tout à redouter de ce type, qui m'a peut-être aperçue également le soir du crime? Océane, son copain et moi-même risquons-nous de nous retrouver tôt ou tard dans le canal avec des souliers en béton? La perspective ne m'enchante pas, c'est le moins qu'on puisse dire…

Liviu devine sans peine mon angoisse. Mais que faire? Aller demander protection à la police? Ils vont nous rire au nez. Et nous poser des questions. Et pourquoi n'avez-vous rien dit? Et qu'est-ce que vous faisiez là à ce moment-là? Et pourquoi vous êtes-vous enfuie? Quand ils tiennent un os, les chiens ne lâchent pas facilement prise...

— Ce type rôde toujours, Sara, reprend enfin Liviu. Il est dangereux. Il reviendra.

— Pour deux ou trois silhouettes entra-perçues dans la nuit? dis-je comme pour me rassurer en me faisant l'avocat du diable. Si ça se trouve, il prend davantage de risques en nous harcelant qu'en nous laissant tran-quilles. C'est d'autant plus stupide que, s'il a assisté à la scène entre Océane et moi, depuis une cachette, comme tu le prétends, il aura compris qu'à aucun moment nous ne l'avons vu. Il doit y avoir autre chose.

— C'est bien mon avis, lâche Liviu.

Son air sérieux, soudain, m'inquiète.

— Qu'est-ce que tu veux dire?

— Je suis persuadé que notre homme cherche quelque chose. Quelque chose qui, d'une façon ou d'une autre, a dû se retrouver en la possession de Roman.

Liviu me raconte alors sa conversation avec Robert, l'ami de Roman Baillargeon.

— C'était avant l'arrivée de Réal. Ils étaient tous partis quêter ou faire leurs affaires, sauf Robert, qui était demeuré un peu à l'écart. Robert ne se sent pas très bien depuis la mort de Roman. Je pense qu'il en sait plus long qu'il n'en a l'air, mais tout ce qui compte pour lui à présent, c'est de se faire oublier. Tous ces morts qui l'entourent le rendent malade.

Liviu me répète les confidences du vieillard. Le passé de boxeur de Roman, sa curiosité de tout ce qui se passait autour de lui, sa subite passion pour la photo… Effectivement, ce nouveau profil jette un jour différent sur les circonstances du meurtre. Je comprends un peu mieux ce qui s'est passé.

Mais ce n'est pas tout. Alors que j'essaie de me remémorer la scène à la lumière de ces révélations, Liviu me demande:

— Tu n'as rien vu tomber de ses poches, l'autre soir?

— Quand Roman était près de moi, tu veux dire? Non, rien, il me semble.

Je fronce les sourcils, cependant, essaie de préciser mes souvenirs, de revivre ce moment qui a pourtant été si bref. Peut-être que…

— Enfin oui, maintenant que tu le dis. Je crois… Un objet de petite taille, un peu plus gros que le poing. C'était au moment où il est tombé mort aux pieds d'Océane, quand il s'est écroulé en tournoyant sur lui-même. Je ne sais pas ce que c'était. Quelque chose d'informe, de mou. Vaguement bleuté, pour autant que je puisse m'en souvenir. Je n'y ai pas prêté attention sur le moment. Mais ça ne ressemblait certainement pas à un appareil photo ou à un téléphone cellulaire.

Liviu plisse le front.

— Un paquet de cigarettes?

— Je ne crois pas. Plus gros. Et pas de forme régulière. Oui, bleu, maintenant que j'y réfléchis. Un joli bleu. Féminin…

Puis j'ajoute, après un bref silence que Liviu, préoccupé, n'a pas rompu:

— En tout cas, je ne l'ai pas revu hier, quand nous sommes allés sur les lieux. Tu penses que c'est ça, ce que recherche l'assassin?

Liviu me répond par une autre question:

— As-tu remarqué si Océane avait ramassé quelque chose? Cet objet bleu, par exemple?

— Non, j'ai filé sans demander mon reste dès que j'ai vu le vieux tomber à terre.

Inutile de me faire un dessin, j'ai compris. On a intérêt à retrouver Océane avant l'autre…

15

LE RÉCIT DE JO

Je veux bien les aider, oui, mais je n'aime pas cette sensation d'être pris au piège…

En me pointant rue Sainte-Clotilde, tout à l'heure, j'ai sursauté. Il commençait à faire nuit et j'ai aperçu deux silhouettes embusquées au bout de la rue. Il faisait trop sombre pour que je les reconnaisse. Rien ne me prouvait qu'elles étaient là pour moi, évidemment, mais personne n'a à traîner dans cette rue qui ne mène nulle part. Et je me méfie des ombres qui rôdent. Je me méfie même de la mienne…

Au lieu de prendre le plus court chemin pour rentrer chez moi, j'ai donc fait demi-tour et je suis arrivé par l'arrière en prenant la ruelle. Une fois chez moi, j'ai discrètement regardé par la fenêtre. J'ai fini par les repérer. Sara et Liviu. Bon. Je suis ressorti par la porte de devant…

Sara sait parfaitement que je n'aime pas qu'on entre chez moi. Ce n'est pas un spectacle… J'ai proposé d'aller du côté de la voie de chemin de fer. Pas envie de voir le canal ce soir… Mais c'est justement dans cette direction-là que Liviu nous a entraînés.

— Tu devines qui on cherche, a-t-il dit.

— Je m'en doute, oui, sauf qu'elle a horreur qu'on débarque chez elle. J'y suis allé, tôt ce matin, mais j'étais accompagné d'Alex, son copain.

— On pourrait aller le chercher.

— Oui, ai-je bougonné. Il habite un loft, près du canal. Il doit être chez lui. Après ce qui lui est arrivé, il n'a vraiment plus envie de sortir.

J'ai dû raconter la nuit de la veille, l'attaque de l'homme au couteau, sa disparition après que je me suis porté au secours d'Alex. Sara et Liviu m'ont dévisagé avec stupeur. C'est ça, me suis-je dit, ils ne me croient pas. Ils s'imaginent que j'affabule. Bien sûr, Jo l'éternel imbécile, Jo l'incapable, Jo le fuyard…

— Tu as vu l'homme? s'est exclamé Liviu.

— Vu, c'est vite dit. Il était loin, il faisait noir. Alex était plus proche. Je ne prétends pas que je l'ai effrayé à ce point, mais c'est un fait qu'il a disparu après que je me suis mis à courir.

À son tour, Liviu m'a mis au courant de ce qu'il savait. Je comprenais mieux, soudain. Autant leur étonnement que le déroulement de la scène d'hier soir. Si ça se trouve, en fait, le type ne m'a même pas vu. Ce sont les itinérants qui l'ont fait fuir, pas moi. Je ne serai pas un héros. Pas grave, je le sais depuis longtemps…

— Écoutez, vous deux, a coupé Sara de sa manière un peu brusque. Vous n'allez pas nous refaire l'histoire, on la connaît à présent. L'important, c'est que ce tueur court toujours et qu'il est urgent qu'on voie Océane. C'est peut-être elle la clé du problème.

— Tu veux insinuer qu'elle le connaît ? ai-je fait, un peu sur la défensive.

— Non, pas du tout. Mais Liviu pense qu'elle a pu ramasser un objet, ou savoir où il est passé. Un objet que le meurtrier veut absolument retrouver. C'est sa théorie. Allons chercher Alex, si c'est le seul moyen d'entrer chez Océane sans faire de scandale.

J'ai acquiescé.

Et c'est ainsi que, quelques minutes plus tard, nous nous retrouvons tous les trois près du canal, au niveau du parc Sir-George-Étienne-Cartier. Je connais effectivement le loft où vivent Alex et ses parents. Ce n'est pas très loin, juste après les nouveaux condos de la rue Saint-Ambroise. Un truc avec des vitres immenses qui donnent directement sur le canal. Grand luxe. Je me suis souvent arrêté devant, la nuit…

Mais la porte doit se trouver de l'autre côté, et je ne connais pas le nom de famille d'Alex. Où sonner, et comment nous présenter si ce sont ses parents qui répondent? Avec nos dégaines de loqueteux, ils vont appeler la police.

Finalement, après délibération, nous décidons d'envoyer Sara en reconnaissance. Si elle fait un effort, ce sera elle la moins effrayante de nous trois.

— Essaie d'avoir l'air gentille, lui conseille Liviu sur un ton goguenard tandis qu'elle s'éloigne vers la rue Saint-Ambroise.

Sans se retourner ni ralentir son pas, Sara lui montre son doigt...

Une vingtaine de minutes plus tard, alors que nous commencions à nous demander ce qu'elle était devenue, Sara réapparaît. Derrière elle s'avance la silhouette dégingandée d'Alex qui, tout en marchant, jette autour de lui des regards inquiets. Sara, elle, affiche un petit sourire ironique.

Les présentations sont faites en quatrième vitesse. Sara nous explique que la mère d'Alex, qui lui a ouvert la porte, a eu l'air tellement étonnée en la voyant qu'elle en a perdu ses moyens. Sans doute exagère-t-elle, mais elle semble se délecter de la gêne qu'elle provoque ainsi chez Alex, qui ne sait pas où se mettre.

Liviu coupe court à ce récit, le jugeant sans doute inutile, et même nuisible à la suite des événements. L'essentiel est que cette dame ait finalement accepté d'aller chercher son fils. C'est le problème de Sara : elle ne sait pas se taire…

C'est donc Liviu qui prend le contrôle des opérations. Sur sa proposition, nous repartons immédiatement vers le Saint-Henri de la misère, guidés cette fois par Alex. En chemin, il essaie de faire le point sur nos connaissances respectives. Mais, si nous sommes tous à peu près d'accord avec lui sur la manière dont s'est déroulée la scène du meurtre, il demeure évident que le témoignage d'Océane sera essentiel.

Je n'ai pas été très étonné d'apprendre qu'Alex ne connaît pas le numéro de téléphone d'Océane. Personne ne connaît le mien non plus. Océane, par bien des côtés, me ressemble. Méfiance, toujours…

Alex a tout de même accepté sans difficulté de nous conduire chez elle. Même si elle n'aime guère, a-t-il précisé, qu'on s'y présente sans avoir été invité. Il est, de nous quatre, le plus habité par la peur. Une peur viscérale. Il craint pour lui-même, bien sûr, après la tentative d'agression dont il a été victime, mais aussi pour Océane que, à mon grand étonnement, il semble aimer profondément.

Alex, en tout cas, ne se souvient pas d'un quelconque objet bleu qu'Océane aurait ramassé sur le lieu du crime. En revanche, il nous parle d'une voiture de luxe, une Porsche, stationnée dans une rue toute proche, qui détonnait autant à cet endroit qu'un yacht de milliardaire sur le canal de Lachine.

— Tu as noté le numéro de la plaque ? demande Liviu.

— Oui, oui, bredouille Alex. Oui, sur le moment. Mais je ne me souviens plus avec précision. C'était une plaque de l'Ontario. De toute façon, des voitures comme celle-là, il n'y en a pas des tonnes au Canada. Ça doit se retracer facilement.

— Pour la police, oui, fait remarquer Liviu. Mais pas pour nous.

Alex hausse les épaules. Ce type-là, de toute façon, est bien du genre à se précipiter au premier poste de police venu. Quand on habite dans un loft pareil, on a droit à des égards de la part des autorités…

— En tout cas, reprend Liviu, je suppose qu'on ne va pas débarquer chez ta copine à quatre, et à cette heure-ci en plus. Tu t'en charges ?

Alex acquiesce d'un mouvement de tête.

Quelques minutes plus tard, nous nous engageons dans la rue Sainte-Marie.

16

LE RÉCIT D'OCÉANE

Ça devient une habitude !

Heureusement, cette fois, mon frère n'était pas encore rentré, ma grand-mère dormait et Alex n'a pas utilisé la porte d'entrée… Il connaît ma fenêtre, qui donne sur la ruelle arrière, et il a envoyé des petits cailloux sur la vitre, pas trop fort, jusqu'à ce que j'apparaisse.

Je m'attendais à tout sauf à le voir surgir ici ce soir. Ce matin, il avait l'air décidé à ne plus sortir de chez lui. Puis je remarque qu'il n'est pas seul. Ça aussi ça devient une habitude… Derrière lui se tiennent deux ombres. Non, trois. Car Jo est là également, plus en retrait. Je reconnais les deux autres. Une, du moins. La garçonne. Sara.

Je suis étonnée. Et inquiète. Pour qu'il y ait une telle délégation, et à une telle heure, c'est qu'il doit se passer quelque chose de grave. Je leur fais signe de ne pas faire de bruit, puis je m'habille en vitesse et je descends.

Alex a tout juste eu le temps de faire le tour par le chemin de la Côte-Saint-Paul et je l'aperçois au bout de la rue. Il se hâte. Seul…

— Qu'est-ce qui se passe? fais-je à voix basse lorsque nous nous rejoignons. Où sont les autres?

Alex m'explique qu'ils sont restés en arrière et qu'ils nous attendent.

— Mais pas tout de suite, ajoute-t-il, dans un chuchotis entrecoupé par l'émotion. Je t'explique. Ils… Enfin, Liviu… je veux dire, Sara a vu un objet bleu tomber sur le sol alors que le sans-abri s'écroulait à tes pieds le soir du meurtre. Moi ça ne me dit rien, je n'ai rien vu de tel lorsque j'ai découvert le cadavre avec toi, mais Liviu – l'ami de Sara – est persuadé que c'est cet objet que le tueur recherche depuis samedi soir, davantage que toi ou moi. Un genre de pièce à conviction.

Un objet bleu? Oui, je me souviens maintenant. Je l'avais oublié. Un petit ours en peluche, en effet, qui venait de tomber de son manteau. Je l'ai glissé dans la poche de mon blouson et je n'y ai plus pensé. Et comme, sur le conseil d'Alex, j'ai rangé le blouson dans une armoire, pour éviter qu'il ne me fasse éventuellement reconnaître dans la rue, ça m'était complètement sorti de l'idée.

Néanmoins, je reconnais que cet objet n'avait rien à faire entre les mains d'un vieil itinérant. Je demande donc à Alex de m'attendre une minute et je remonte chez moi. Sans allumer, à tâtons, je fouille les poches de mon blouson rouge. La peluche est bien là, dans la poche intérieure. Je m'en saisis et redescends sans faire de bruit.

J'ai cru qu'Alex était reparti mais il est bien là, à quelques pas, renfoncé dans une encoignure de porte.

— Alors?

— Regarde.

Je lui montre l'objet. Il a l'air étonné. Le toutou est joli, propre, soigné. Non, il n'était en rien à sa place sur une scène de crime…

— Bon, rejoignons les autres, murmure Alex.

Sara, Jo et un garçon plus âgé nous attendent dans la ruelle. Sara et Jo me saluent d'un mouvement de tête. Sara, oui, je la reconnais bien, à présent. Son ami semble avoir un certain ascendant sur ses compagnons. Très vite, il veut m'expliquer sa théorie. Mais je ne suis pas idiote, j'ai compris. Je l'arrête d'un geste et exhibe la peluche bleue.

— Oui, c'est bien ça, murmure Sara en hochant la tête.

— On n'y voit rien ici, intervient celui qui m'a dit s'appeler Liviu, il fait trop sombre.

— On pourrait aller chez nous, propose Sara.

Tout le monde étant d'accord, nous repartons en direction de la rue Saint-Rémi pour rejoindre Notre-Dame.

Quelques instants plus tard, nous nous retrouvons dans le minuscule appartement de Sara et Liviu, rue Lacasse. Là, nous pouvons examiner tout à notre aise le pauvre objet dont je me demande encore ce qu'il vient faire dans cette histoire.

Liviu tend la main vers moi et, après un mouvement de méfiance à peine esquissé – une méfiance dont j'ai toujours du mal à me départir –, je le lui passe. Il l'examine attentivement, le palpe, le soupèse.

— En tout cas, murmure-t-il, il est léger. Pas de téléphone à l'intérieur.

Il semble déçu. Sara et les autres aussi. Qu'espéraient-ils trouver? Une photo de l'assassin? Ce fameux téléphone cellulaire qui, Liviu en est persuadé, contient la clé de l'énigme, est bel et bien perdu dans la nature. Liviu s'énerve, tourne et retourne l'objet entre ses doigts.

— Ça n'a pas de sens, voyons, grogne-t-il. Une peluche bleue entre les mains de Roman agonisant. C'est grotesque…

Il a raison. Mais, à ne pas savoir ce qu'on cherche, on peut très bien passer dix fois devant sans le voir. Une idée me vient. Je reprends le nounours et le place sous la lampe. Je le palpe à mon tour, écarte les pattes, fais tourner la tête... Et puis je comprends.

Truc de fille ? Ha ha. Il fallait avoir l'œil, c'est tout. La différence est infime. Mais je sais coudre, ma grand-mère m'a appris. Et la personne qui a recousu le toutou ne savait pas...

Je leur montre. Quatre paires d'yeux se fixent sur la petite bestiole bleue comme s'il s'agissait d'un trésor. La couture, sous le cou de l'ourson, a été défaite et refaite, mais grossièrement. Le fil a été mal arrêté et on voit que ce n'est pas le même que celui des coutures originales.

— Ciseaux ?

Sara me regarde sans réagir avant de comprendre.

— Non, je n'ai pas de ciseaux, répond-elle. Moi, la couture... Un couteau, ça peut faire l'affaire ?

— Oui, s'il est assez fin.

Elle se lève, va farfouiller dans un tiroir et me rapporte une lame assez mince. Je coupe le fil et le retire, puis je tire la tête de l'ourson en arrière. J'ai l'impression d'égorger une petite créature innocente…

La bourre est en mousse de polyester. Là aussi, on voit qu'elle a été triturée récemment. Pas de précautions inutiles. J'élargis l'ouverture avec le couteau et entreprends de fouiller les entrailles du nounours. Rien, apparemment… Et puis oui, mes doigts rencontrent enfin quelque chose de menu, qui n'est pas de la mousse.

Je parviens à attraper le minuscule objet entre l'index et le majeur, et je l'extirpe doucement de sa cachette. Un petit rouleau de papier, que je dépose avec précaution sur la table. Tout le monde le regarde en silence, perplexe.

— C'est tout? demande Jo, l'air un peu désappointé.

Liviu tend enfin la main et saisit le rouleau. Il l'examine attentivement et entreprend de le dérouler. Puis il étale la mince feuille sur la table. Nous rapprochons nos têtes. La feuille a été arrachée à un bloc publicitaire d'une quelconque agence immobilière, comme on en trouve régulièrement dans toutes les boîtes aux lettres. Elle est recouverte d'une écriture fine et malhabile.

En fait, d'après ce que je peux voir, il s'agit d'une sorte de liste. Comme je me trouve du bon côté de la table, j'en commence la lecture silencieuse.

— Des noms de femmes, je murmure.

— Connues ? demande Alex.

Je secoue la tête.

— Des prénoms uniquement, et qui ne me disent rien.

Je me mets alors à lire à voix haute pour que les autres puissent en profiter :

— "Jessica, Kiki, Lucy, Bianca, Suzy." Il y en a un dernier, séparé des autres, d'une écriture un peu différente : "Evgueni."

— Evgueni n'est pas un nom féminin, intervient Liviu. C'est un prénom russe. D'homme.

— Il y a aussi un code, ou quelque chose comme ça, à côté du nom de l'homme : "NTM 122."

Alex se redresse brusquement, l'air tout excité.

— NTM 122 ? s'exclame-t-il. Ce n'est pas un code. C'est le numéro de la plaque de la Porsche qui était garée rue Young. Oui, ça me revient à présent. Une plaque de l'Ontario. Je m'étais même retourné pour la regarder.

Liviu tapote la table de ses doigts, dans un geste nerveux. Il ne semble pas partager notre émotion.

— Ça ne sent pas bon, tout ça, grommelle-t-il en prenant de nouveau le papier entre ses doigts. Ça ne vous dit rien, ces noms-là?

Nous le dévisageons avec perplexité. Manifestement non, ça ne dit rien à personne.

— Des pseudos, reprend-il, ça saute aux yeux. Le genre de noms passe-partout dont on affuble les jeunes prostituées. Ça plus un type nommé Evgueni, une Porsche garée dans une ruelle sombre, une fille défigurée et noyée dans le bassin Peel, tout ça est relié, c'est évident. Ça pue le proxénétisme à plein nez. On est embarqués dans une sale affaire…

— Alors nous ne pouvons plus garder ça pour nous, s'écrie Alex. Il faut avertir la police.

Rien qu'à cette idée, je frémis. Et je ne suis pas la seule. Un silence glacial tombe sur la pièce.

— Ne fais jamais ça! gronde enfin Sara. Tu te mettrais dans un sale merdier. Tu *nous* mettrais dans un sale merdier. Aussitôt que la police met son nez quelque part, les ennuis n'arrêtent plus. Non seulement ils ne t'aideront pas, mais ils ne vont plus te lâcher. Ils voudront savoir qui tu es et pourquoi tu te trouvais sur le lieu du crime. Ils voudront savoir ce que tu y faisais, avec qui tu le faisais, et finalement c'est toi qui seras leur principal suspect. Et nous avec, par la même occasion.

Je devine à quel point Sara se méfie de la police, et je la comprends. Moi je la hais. Ne jamais avoir affaire à eux… Pourtant, je sais qu'Alex s'en méfie aussi, mais je me rends compte à quel point tout cela demeure théorique pour lui.

Il a lu les œuvres de nombreux penseurs anarchistes, et il adhère bien souvent à leurs thèses, mais là, aux prises avec une réalité dans laquelle il se sent menacé, traqué, en danger de mort, ses pauvres convictions ne pèsent soudain plus très lourd. Il a peur. Et la peur le pousserait facilement vers le premier poste de police venu…

Sauf qu'ici, il n'aura pas notre approbation. Il est le seul d'entre nous qui puisse croire que la police peut arranger les choses.

Sara est énervée, Jo agité. Heureusement, Liviu tente de calmer le jeu.

— De toute façon, nous n'avons rien de conséquent à lui proposer, à la police. Une liste de noms anodins, c'est peu. Et puis, comme le fait remarquer Sara, il faudra justifier sa présence et celle d'Océane sur les lieux du crime, et expliquer pourquoi elles n'ont rien dit aux autorités de ce qu'elles ont vu. On peut les accuser de complicité, ou d'obstruction à une enquête policière, je ne sais quoi de ce genre. C'est trop risqué.

Alex baisse la tête.

— Ce qu'il faudrait, c'est une preuve plus solide, reprend Liviu. Retrouver l'appareil que Roman utilisait pour prendre ses photos, par exemple. Je suis certain que c'est à cause de ça qu'il est mort. C'est ça la clé de l'affaire.

Liviu me regarde dans les yeux. Puis il se retourne vers Sara.

— Peut-être qu'il l'a jeté dans l'herbe, suggère celle-ci. Mais je ne l'ai pas vu faire, c'est sûr. Et puis tout ce que j'avais en tête à ce moment-là, c'est qu'il essayait de me pelot…

Sara se tait brusquement, nous dévisage les uns après les autres.

— Sa main, bredouille-t-elle enfin. Sa main sous mon blouson…

17

LE RÉCIT DE SARA

Ça m'est revenu tout d'un coup!

Bien sûr que le vieux Roman n'avait pas essayé de me peloter les seins! Pas son genre, avait dit Liviu. Je me souviens, maintenant. En s'approchant de moi, Roman avait tenté de me dire quelque chose, mais il était déjà tellement amoché que sa voix était inaudible.

Il était poursuivi, au bout du rouleau. Il savait que son agresseur, qu'il avait provisoirement neutralisé, allait revenir. Et que, cette fois, il ne pourrait plus se défendre. Alors, pour ne pas perdre la seule preuve de ce qu'il avait vu, pour que ces salopards ne détruisent pas l'indice qui pouvait les identifier, il l'a glissé dans la poche de mon blouson avant de mourir. Obsédée par ce que je pensais être ce qu'on appelle joliment une agression sexuelle, je ne m'étais rendu compte de rien.

Je me lève d'un bond et me précipite vers le tas de linge sale qui s'accumule depuis quelques jours au fond de la pièce. C'est là que j'ai jeté négligemment mon blouson l'autre soir, énervée parce qu'il m'avait tenu trop chaud. Et c'est là que je l'ai oublié…

Je le ramasse vivement et fouille les poches. Il y a quelque chose dans celle de gauche, là où la main de Roman s'affairait tandis que je tentais de le repousser. Un objet dur, plat, tenant dans la paume et qui ne pèse presque rien… Je le saisis et le brandis devant les autres, avec un sourire de triomphe.

Je reviens à la table. Je me sens un peu niaise, tout à coup, parce que je n'ai jamais utilisé ce genre d'appareil. Parce que je n'ai jamais eu le goût d'en posséder : je n'ai envie ni qu'on me dérange à tout bout de champ ni qu'on sache où je suis. Et je constate, par la même occasion, que je ne suis pas la seule dans ce cas. Peut-être sommes-nous des dinosaures, mais pas plus Océane que Jo n'en ont utilisé davantage que moi.

C'est Alex qui, finalement, le prend sur la table où je viens de le poser.

— Un vieux Nokia, marmonne-t-il. Pas jeune. On n'en trouve plus des comme ça. La personne qui l'a perdu ne l'a sans doute pas trop regretté.

— Il est verrouillé ? demande Liviu.

Alex pianote rapidement.

— Non, mais la fonction téléphone est désactivée. Et la batterie est très faible.

— Roman la rechargeait sans doute dans des cafés. Il faudrait un câble. Et la photo?

De nouveau, Alex appuie sur quelques touches.

— Oui, ça marche.

Et, dirigeant l'appareil vers Océane, il s'apprête à le démontrer.

— ARRÊTE!

Liviu a pratiquement hurlé. Alex repose l'appareil, éberlué. Il ressemble à Jo dans ses pires moments…

— Tu te rends compte de ce que tu allais faire? reprend Liviu sur un ton plus calme. Nous ne savons pas encore ce que contient cet appareil en fait de preuves, et tu allais prendre une photo d'Océane.

— Mais… bredouille Alex, on peut les effacer.

— On ne sait jamais vraiment ce qui est effacé ou non dans ce genre de machine, grommelle Liviu. Que la police mette la main dessus et les spécialistes auront vite fait d'en ressusciter les cadavres.

Confus, Alex repose l'objet sur la table. Il est rouge jusqu'aux oreilles.

— Bon, jetons un coup d'œil, propose Liviu.

Au fur et à mesure qu'il appuie sur les touches, sous nos regards intéressés, quelques images défilent. Sombres et floues pour la plupart, mais parfaitement nettes pour certaines. Silhouettes furtives dans les rues. La nuit, le plus souvent.

— Les sept dernières ont été prises samedi soir, commente Liviu en revenant sur la première de la série.

Alex s'est placé derrière lui et observe avec attention. La première photo montre une Porsche se garant devant l'immeuble de la rue Young, facilement reconnaissable. Liviu lance un regard interrogatif à Alex.

— Oui, approuve celui-ci. C'est bien celle-là.

Liviu continue de faire défiler les photos. Océane rejoint Alex pour valider ses souvenirs. Ils sont les deux témoins privilégiés puisque moi-même, après le meurtre, je suis directement repartie par le chemin du canal.

Deuxième photo. La Porsche, en plus gros plan. Le chauffeur est dehors. On distingue son visage.

— C'est ton agresseur?

— Non, non, soupire Alex d'une voix voilée par l'angoisse. Enfin, je ne crois pas…

Troisième photo. La voiture, toujours. En arrière, le conducteur, de profil, tient la porte ouverte. On aperçoit deux têtes émergeant au-dessus du toit du bolide. L'une des deux féminine, j'en suis certaine. Coiffure à la punk, très noire.

Quatrième. Le chauffeur et son acolyte s'éloignent en tenant chacun la fille par un bras. On les distingue bien tous les trois, même s'ils sont de trois quarts par rapport au photographe. La fille est vêtue d'une jupe très courte, vraiment au ras des fesses, et d'un haut léger à bretelles minimaliste. Elle n'a pas l'air très d'aplomb sur ses pieds.

Cliché suivant. La fille est complètement déséquilibrée. D'après sa posture, je dirais qu'elle vient de prendre un méchant coup dans le ventre ou dans les côtes. Celui qui l'a frappée, le deuxième homme, est encore en position.

Sixième photo. Les deux hommes et leur prisonnière sont rendus devant la porte de l'immeuble désaffecté. Le plan est rapproché. On peut distinguer le numéro au-dessus de la porte. L'homme qui a tabassé la fille a tourné la tête en arrière, comme pour vérifier une dernière fois que la rue était déserte.

— C'est lui! s'exclame Alex. Il avait une blessure au front quand il m'a attaqué, hier soir, mais je le reconnais. Je suis sûr que c'est lui.

Jo vient se placer à côté. Il approche son visage de l'écran.

— Ouais, confirme-t-il. C'est la même sale gueule. Et le même genre de costume. Il a bien une tête à rouler en Porsche.

— La blessure au front, il se l'est probablement faite quand Roman l'a boxé et l'a envoyé dans le mur, commente Liviu. J'ai vu le sang. Pas de doute, c'est bien lui le tueur.

— Il en a le profil, en tout cas, ajoute Alex en avalant sa salive.

La dernière photo, enfin, est un gros plan de l'avant de la Porsche. On voit l'immatriculation, les voitures enregistrées en Ontario portant une plaque à l'arrière et une à l'avant. NTM 122. *Yours to Discover…* Près de la roue avant droite, abandonné sur le trottoir, on distingue un petit objet bleu turquoise. Un ours en peluche.

Liviu éteint l'appareil et le repose sur la table.

— Il y a peut-être d'autres images, suggère Alex. D'autres preuves…

— Possible, fait Liviu. Roman prenait beaucoup de photos. Il avait probablement déjà surpris les proxénètes, les filles ou les clients. Mais ça ne changera rien pour nous, nous savons suffisamment à quoi nous en tenir. Et puis il faut ménager la batterie.

Liviu semble prostré, soudain. Nous avons tous l'air un peu hagards. L'ourson éventré, la feuille de papier et le téléphone sont là devant nous, dans un rond de lumière. Personne n'ose rompre le silence.

Pourtant, la question qui se pose est la même pour nous tous. Qu'allons-nous faire de ces objets ?

18

LE RÉCIT D'ALEX

La fin de la soirée a été longue et amère. Nous savions tous que des tueurs, des tortionnaires, des trafiquants de jeunes femmes prospéraient en liberté et que nous seuls avions les moyens de les démasquer.

Pourtant, Liviu, Sara, Océane et Jo faisaient bloc contre moi : « Aucune compromission avec la police ! »

Je les comprenais, bien sûr. Océane surtout, dont je connais l'histoire et dont les rapports avec l'institution policière se sont toujours déroulés à son détriment, dans le mépris et le déni. Oui, je comprenais que la police ne protège que ceux qui la paient... même si cet argent vient du contribuable !

Je savais aussi que, la plupart du temps, les affaires de proxénétisme et de violence faite aux femmes ne provoquent chez les policiers qu'un sourire méprisant. « Si elles restaient chez elles, elles ne se feraient pas violer... » Qu'une prostituée puisse se faire battre, humilier, torturer leur paraît être dans l'ordre des choses.

Je savais tout ça, oui. Mais, pour autant, pouvions-nous laisser ces criminels courir impunément alors que nous avions entre les mains de quoi les confondre ? D'autres jeunes femmes allaient se faire exploiter pire que des bêtes, allaient se faire « corriger », allaient finir leurs jours misérables dans les eaux du canal, le visage détruit.

La tension entre nous était donc vive, mais l'angoisse, davantage encore. Car nous étions tous horrifiés, dégoûtés, dévastés par ce que nous avions découvert. Et la question demeurait sans réponse. Que pouvions-nous faire ?

Océane et Sara semblaient anéanties. Le visage de Jo, plus impénétrable que jamais, paraissait sculpté dans un bloc de terre grisâtre. Liviu, lui, était en proie à une sorte d'agitation intérieure que trahissait le mouvement nerveux de ses doigts.

Tout à coup, il s'est levé. Son geste brusque nous a réveillés un peu. Il s'est dirigé vers le comptoir de la cuisine et est revenu avec un torchon et un vaporisateur. Il s'est rassis et, sous nos regards interloqués, s'est mis à nettoyer minutieusement le téléphone, faisant bien attention de ne pas y laisser de nouvelles marques de doigts.

Puis il a essuyé tant bien que mal la minuscule feuille de papier, l'a enroulée de nouveau, et il l'a remise en place à l'intérieur de l'ourson en peluche. Enfin, il a frotté le petit animal avec énergie pour en faire disparaître toute trace que nous aurions pu y laisser.

Il était clair qu'il venait de prendre une décision. Et qui allait dans mon sens: s'il détruisait ainsi toute empreinte pouvant nous incriminer, c'est qu'il avait l'intention de remettre ces preuves à…

Mais à qui? À la police? Avait-il enfin rejoint mon camp, celui que je considérais comme le plus sage?

— Je ne vois qu'une solution, a-t-il alors annoncé gravement. Les flics risquent d'étouffer l'affaire, ou du moins de la faire passer aux oubliettes, d'autant plus que ce n'est pas eux qui ont trouvé ces indices. Nous ne pouvons pourtant pas rester sans rien faire, ce serait criminel.

— Alors? a fait Sara avec une grimace.

— La presse, a répondu Liviu. Les journaux. Eux, ils peuvent faire du bruit autour de l'affaire et forcer la police à s'en occuper. Le meurtre de Roman ne fera pleurer personne, je sais, mais le sort de la jeune femme défigurée et jetée dans le canal, lui, provoquera de l'indignation. Il suffit de choisir le média le plus approprié.

— Les journaux sont tous pourris, a lancé Sara.

Liviu a réprimé un geste d'humeur.

— Oui, je suis d'accord, a-t-il admis. Mais certains le sont peut-être moins que d'autres. Et ça vaut mieux que d'enterrer tout ça. Dans mon boulot, j'en vois tous les jours, des filles de quinze ou seize ans qui vont finir sous la coupe de types comme cet Evgueni. Nous aurons tous les mains sales si nous ne faisons rien.

Océane l'a approuvé et, finalement, nous nous sommes tous rangés à son avis.

— Reste à savoir comment procéder, a repris Liviu. Je ne tiens pas à ce que nous soyons identifiés mais, en même temps, il faut que nos preuves soient prises au sérieux.

— Des journaux, de toute façon, a fait remarquer Océane, il n'y en a pas des tonnes. À part les quotidiens à grand tirage qui sont concentrés entre les mains de deux propriétaires et les feuilles de chou confidentielles, il reste peu de choix.

— *Le Devoir*, alors, ai-je proposé. C'est le seul journal indépendant qui ait encore un peu de lectorat et qu'on peut prendre au sérieux.

Liviu a hoché la tête.

— Tu y connais un journaliste? m'a demandé Océane.

— Non, ai-je répondu. Mais mon père connaît plein de monde…

— C'est hors de question, a tranché Liviu. Nous ne ferons rien qui puisse permettre de nous retracer.

Puis, devant mon air un peu vexé, il a repris :

— Je n'ai rien contre ton père, Alex. Je ne le connais pas. Mais si je veux bien admettre que tu n'aies rien à craindre dans cette histoire, je refuse pour ma part que mon nom y apparaisse pour quelque raison que ce soit. Nous ne sommes pas du même monde. Je pense que Jo, Sara et Océane seront de mon avis.

Tous les trois ont opiné du chef. L'incident était clos. Liviu a poursuivi :

— Pour en revenir au *Devoir*, ça me semble un bon choix. Je propose de faire un paquet et de le poster discrètement au journal.

— Sans un mot explicatif ?

Liviu a réfléchi un instant, puis il a dit :

— Pas à la main, en tout cas. Et puis les journalistes ne sont pas tous idiots, ils vont comprendre.

— On doit au moins signaler que ces objets ont un rapport avec la noyée du bassin, ai-je précisé.

Liviu a admis que c'était pertinent. Il s'est levé et il a pris sur le comptoir une vieille enveloppe à fenêtre qu'il a déchirée pour n'en conserver que le dos. Puis, en traçant des lettres moulées dans un style volontairement enfantin, il a écrit : L'ASSASSINÉE DU BASSIN PEEL AVEC SES ASSASSINS.

Contemplant son œuvre, il a demandé :

— Ça vous va comme ça ?

Tout le monde a été d'accord.

— J'achèterai une enveloppe matelassée dans un Dollarama et…

Il s'est tu un moment, en se grattant la joue, avant d'ajouter :

— Qui veut se charger de la poster ?

La peur qu'on puisse le reconnaître s'il y avait enquête approfondie ? Sans doute. Vieux mouvement de méfiance. C'est Océane qui a répondu :

— Je vais le faire. Je n'ai qu'à changer de coiffure et à me maquiller un peu. Et à aller dans un bureau de poste d'un autre quartier.

Nous avons souri.

Néanmoins, nous étions nerveusement épuisés et nous nous sommes séparés là-dessus, après avoir convenu de ne pas nous éloigner du quartier pendant quelques jours, et surtout d'éviter d'être seuls dans les rues.

19

LE RÉCIT DE SARA

Océane a fait comme elle avait dit. Seule. Alex avait tenu à l'escorter, mais elle lui a fait comprendre qu'elle serait plus discrète et plus efficace seule. Elle s'est rendue en métro jusque dans le centre-ville, sagement coiffée, portant une jupe terne qu'elle ne doit pas mettre souvent.

Liviu avait tracé lui-même sur l'enveloppe le nom et l'adresse du journal, et il avait ajouté le nom d'une journaliste ou d'une chroniqueuse régulière qu'il lit parfois et qu'il estime être de notre côté. Du côté des victimes, disons. La jeune femme prendrait-elle l'information au sérieux ?

Nous étions tous sur des charbons ardents. Chaque matin, j'allais consulter la une du *Devoir* à la bibliothèque. Alex, lui – Océane me l'a raconté –, passait ses journées devant son ordinateur en épluchant le fil de presse du journal. Liviu rongeait son frein en silence. Quant à Jo, il avait disparu.

Trois jours plus tard, enfin, le jeudi, la une du *Devoir* titrait sur la jeune fille du bassin Peel. Le lendemain, les autres journaux, la radio et la télé emboîtaient le pas au quotidien. Mais pourquoi avoir attendu tant de temps ?

Nous avons compris en apprenant, dès le début de la semaine suivante, l'arrestation d'un certain Evgueni Molotov à Toronto, ainsi que de plusieurs de ses complices.

La journaliste n'avait pas dédaigné notre envoi, comme j'avais eu tendance à le croire dès le mercredi. Liviu m'a expliqué qu'elle avait au contraire agi en bonne professionnelle, ne divulguant pas une information aussi importante sans vérification et, surtout, au risque de voir les coupables, avertis par la presse, s'évanouir dans la nature. Elle avait sans doute remis les pièces à conviction à la police tout en conservant une copie de la liste et des photos prises sur le Nokia. L'affaire ne pouvait plus être étouffée, et la police pouvait agir rapidement sans mettre la puce à l'oreille de Molotov et de sa bande.

Je préfère que ça se termine ainsi. Les morts ne seront pas ressuscités, mais je respire quand même mieux.

TABLE DES MATIÈRES

Les titres de la collection Atout

* Lecture facile   ** Lecture intermédiaire   *** Lecture difficile

Suivez-nous

GARANT DES FORÊTS
INTACTES

Achevé d'imprimer en septembre 2015
sur les presses de Marquis-Gagné
Louiseville, Québec